メディアワークス文庫

眠れない夜は羊を探して

遠野海人

目　次

吸えない空気を吐く　7
初恋に追いついた日　25
死んでくれ、神様　45
僕が君を殺すまで　63
舞台の幕を下ろすとき　79
浮気は死刑　101
鏡に映った姿は　111
だって、あなたは弱いから　125
ご迷惑をおかけして申し訳ありません　145
話せるけれど通じない　161
自分の顔を剥がす　171
希望が砕け散った夜に　195
宿題：あなたの将来の夢について書いてください　215
私が君を殺すまで　221
透明人間が消える前に　237

初めて死にたいと思ったのは夜で、誰かに死んでほしいと願ったのも夜だった。

この夜が終わるまでに黒い羊を見つけることができれば、あいつを殺せる。

暗い部屋で目を閉じていても時間の無駄だ。まぶたの裏に渦巻く不安や後悔が、眠気を遠ざけてしまう。

スマートフォンに手を伸ばす。

長い夜が明けるまで、アプリに触れて時間をつぶすことにした。そうしていると昼間には思いつきもしなかった考えが、夜の暗闇と共に忍び寄ってくる。

人を殺すことのできるという噂《うわさ》のあるアプリから今日も目が離せない。

占いアプリ『孤独な羊』で特徴的なのは二頭身の羊だ。

可愛《かわい》らしくデフォルメされた短い手足に、モコモコとした体毛。けれど、目だけは妙にリアルで印象に残る。

通り過ぎていく羊の中から黒い羊を見つけると願いが叶うらしい。画面には次々と色とりどりの羊が現れては消えていくが、黒い羊は見つからなかった。

あと一分だけ待って、それでも見つからなければすべてを忘れよう。

アプリを消して、きつく目を閉じて、この長い夜をやり過ごせばいい。それで不安も後悔も、そして胸に抱いた殺意すらもきっとまだごまかせる。

だが画面に黒い羊が現れてしまった。
引き寄せられるように指先が羊に触れる。
黒い羊は自分の殺意を現実のものにしてくれる——そんな予感があった。

吸えない空気を吐く

恨みだけで人を殺すことができたなら、こいつらはもう何十回と死んでいる。

でも、そうはなっていない。気持ちだけじゃ無理だ。人を殺すには武器がいる。トイレの床で身体《からだ》を丸めながら、銃が欲しい、と切実に願っていた。あんなに平等なものを他に知らない。

もちろん、こんなものは虚《むな》しい妄想でしかない。

だけどもしこの手に銃があったなら、これ以上他人の暴力に怯《おび》えなくて済むのに。

「こいつならどれだけ殴ってもバレないよ。だってこいつ、絶対誰かに言ったりしないからさ。しゃべらないやつなんて、いないのと同じだよ」

蹴られた痛みよりも、笑いながら放たれたその言葉のほうが痛かった。


変な声だよね、と言われたのは小学生の頃だった。

何気ない会話の中で、一人の同級生が僕にそう言った。

その瞬間も悪気のない様子だったし、翌日には忘れていそうだったけれど、僕の心には今でもまだ焼き付いている。

その日は家に帰ってすぐ、自分の声を録音してみた。すると自分が思っていた声とは明らかに違う、鳥肌が立つような気持ち悪い声が聞こえた。

その日から声を出すのが嫌になった。それからはできるだけ、しゃべらないようにしている。気持ち悪い声を聞きたくないし、誰にも聞かせたくないから。

それでも時には声を出さないといけないときがある。授業中、先生に指名されたときがそうだ。

羞恥心を抑えつけてどうにか、声を出す。僕の声は小さくて、聞き取りづらい。そのせいか、僕が発言すると教室で笑いが起こる。笑い声は大きなものじゃない。押し殺すような、嘲笑だ。僕にはそれがはっきりと聞こえてしまう。

誰かに笑われるのは苦痛だ。恥ずかしくて顔を上げられなくなる。

できるだけ口を開かないようにしている僕は周囲から浮いている。それが理由なのかどうかはわからないけれど、やがて一部の同級生による暴力が始まった。

なにがあっても、声をあげようとしない僕はサンドバッグとしては最適だ。客観的に見ると、自分でもそう思う。

主に危害を加えてくるのは二人。

だけど、止めてくれない周囲の人間も味方ではない。教師も含めて。

「人と話したくないことは、別に悪いことでも良《い》いことでもないよ」

学校で唯一話ができる相手は保健室の芳村《よしむら》先生だけだ。声を出したくない、という僕の要望を受け入れてくれるから。

「だから、そのせいでなにか嫌な目に遭ってるとしたら運がなかっただけじゃないかな。周りの人に恵まれなかったね」

芳村先生は僕がどんなに怪我《けが》をしても、事情を聞かずに消毒をしてくれる。

察している部分もあるのかもしれないけど、親や他の教師にも報告しないでほしいと紙に書いて頼んだら、本当に黙っていてくれた。変わった先生だと思う。

「やり返さないの？」

無理だよ、という意味で首を横に振る。すると芳村先生は不思議そうな顔をした。

「どうして？　君にひどいことをしている人たちは一般的な中学一年生。君もその同級生だから、条件は同じだよ」

教師がそんなことを言っていいのか、聞いていて不安になってくる。

「できないと思ってることも、やってみたら意外とできたりするからさ。自分にはできないってあんまり決めつけたりしないほうがいいよ」

芳村先生はそう言って、かすかに笑った。

夜、アザだらけの身体で布団にくるまる。

学校から逃れて自室にいても、日が沈むと怒りと恨みが僕の傷口を焦がす。

頭の中で何度も仕返しをする。でもそれは一つも現実にならない、ただの妄想だ。

実際にやり返したいとは思う。

だけど僕はケンカなんてしたことがない。人を殴ったことさえない。身体も細くて、頼りない。一方、相手は人数も多くて、体格も良い。握りこぶしを作ったところで、勝てるはずがない。

もしも僕があいつらに仕返しをするなら、もっと圧倒的な武器が必要だ。すべての人を平等にするくらいの、圧倒的な力。

それは銃だと、僕は思う。

銃さえあれば、子どもでも身体を鍛えた大人を撃ち殺すことができる。銃の前には相手の体格も、人数も、関係ない。圧倒的で憧れる。

でもこれだって虚しい妄想の一つでしかない。銃が手に入るはずがないからだ。

痛みと恨みで眠れない夜は、こんなことばかり考えている。無駄なのはわかっているから、どうにかして自分の気持ちをごまかす。

僕は寝転んだまま、スマートフォンに手を伸ばした。

誰とも話をしない僕は一日のうち、多くの時間をスマートフォンに触れて過ごしている。これなら会話は必要ないし、声を出さなくても十分に楽しめる。

たとえば占いアプリ『孤独な羊』は、二頭身の羊がマスコットのように登場し、利用者の運勢を占ってくれるというものだ。

生年月日や血液型などを入力して初期設定を済ませておけば、あとは毎日アプリ内に現れる羊をタップするだけで占いを無料で提供してくれる。画面をにぎやかにしている色とりどりの羊たちを集めて眺めるというおまけ要素もある。

占いをチェックするだけなら、毎日ごく短い時間開くだけでいい。けれど今日は、羊たちが行き交う画面をいつまでも眺めてしまう。打撲がひどく痛むせいかもしれない。

教師や学校、親に相談することも考えた。でも結局やめた。

いじめの解決策なんてあまり多くない。声を出して訴えれば親は信じてくれるだろうけど、教師や学校が素直に認めるかというのは疑わしい。どうにか認められたところで、加害者が警察に逮捕されるようなことは起こらないだろう。

もっとも現実的な解決策は、僕が転校するという方法くらいだ。それも立派な解決策だと思う。嫌なものは消せないけど、関わらないようにすることはできる。

でも、僕が逃げないといけないのは不公平だ。納得できない。

加害者は報いも受けず、したことの意味も理解しないまま、心地よく生きていく。あいつらはきっと流行りの動画を見て笑って、くだらない映画を見て泣いて、それから毎日ぐっすり眠るんだ。将来の夢を語って、未来に希望を抱いて、自分たちのしたことを若気の至りみたいな言葉でごまかして大人になるんだ。

そういうことを許せないって僕は思ってしまう。

逃げたくない。

でも、逃げずにいるのもつらい。

どうすればいいのかわからない時間が続いている。

夜は更けていく。

眠れない。かといって他のことで気が紛れるわけでもない。

ぼんやりとアプリを眺めていると、今まで一度も見たことのない黒い羊が現れた。

初めて見たその羊に触れると「あなたの願いを黒い羊が叶《かな》えます」の文字と共に、テキストを書き込むページが表示される。

このアプリに、こんな仕掛けがあるとは知らなかった。

本当に叶えてくれるとは思えないが、ここに書くだけでも気休めにはなるかもしれない。なんでも叶うというのなら、と半ばヤケクソのような気分で指を動かす。

銃が欲しい。

それだけを書いて、僕はアプリを終了させて目を閉じる。

けれど結局眠れないままで、夜が明ける気配は感じられなかった。

占いアプリからの通知が来たのは三日後、月曜日の早朝だった。

今日からまた学校が始まる。

その憂鬱な朝の始まりに、占いアプリ『孤独な羊』からの通知が来た。

無視しようかと思ったけれど、画面に表示された一行に目を惹《ひ》きつけられる。

『黒い羊があなたの願いを叶えました』

簡潔なその通知文に、急いでアプリを起動させる。

画面にはデフォルメされた星を抱えた黒羊が映っていた。

その星に触れると地図が表示される。指定されているのは、自宅からそう遠くない河《か》川敷《せんじき》だ。今から向かえば、登校前に立ち寄ることができるだろう。

アプリを立ち上げたまま、僕は少しだけ迷った。

こんなものを信用するなんてどうかしている。時間と労力を無駄にするだけならまだしも、なにか危険な目に遭う可能性だってある。

でも結局、信じることにした。現実逃避だとわかっていても、今の僕にはそれ以外にすがるものがない。

手早く身支度を済ませると、普段より早く家を出た。歩いていると、少しずつ逸《はや》る気持ちを抑えることができなくなって、気づくと走り出していた。

息を切らせて河川敷にたどり着く。

早朝のためか人の姿もなく、自分の荒い呼吸とにじんだ汗だけが不快だった。

何度もアプリで位置を確認しながら、注意深く周辺を観察してみる。

すると、地面の一部分だけ色が違うことに気づいた。つい最近、誰かが掘ってなにかを埋めたようにも見える。

僕は衝動に突き動かされるようにして、両手で土を掘った。

深く埋めてあったら諦めていたかもしれない。だけど、少し手を入れただけで土とは違う感触が指に触れる。力いっぱい引き出すと、それはビニール袋だった。

僕はクリスマスプレゼントに飛びつく子どものような荒い手付きで袋を開ける。

中身は、本当に銃だった。

手のひらに収まるような大きさのそれは、朝日を浴びて、魅力的に輝いて見える。

銃の種類には詳しくない。だけどこの黒く重い感触は、その中に強烈な暴力を秘めていることを伝えてくる。明らかに普通のおもちゃとは違っていた。

恐る恐る銃を地面に向けて構える。それから引き金を引いた。

弾《はじ》けるような音が耳をつんざき、土がえぐれる。

反動で尻もちをついてしまった。

衝撃が骨を経由して、内臓まで揺らしてくるような感触に目を白黒させる。全身から一気に汗が吹き出した。

僕は慌てて起き上がり、橋の下に身を隠す。

さすがに本物の銃ではないはずだ。だけどエアガンとも思えない。明らかに人を傷つけるための武器として用意されたものだ。いわゆる改造銃というものだろうか。

意識して深呼吸を繰り返し、考えをまとめていく。

この改造銃は誰かが実際に作ったものだ。それをこの場所に埋めた。おそらくはあの占いアプリ『孤独な羊』がこの銃と僕を引き合わせたのはまず間違いない。

その銃を今、僕はこうして手にしている。重要なのはそれだけで、後のことはどうでもいい。

これさえあれば平等だ。

どんな暴力とも、対等だ。

僕は通学カバンの中にそっと銃をしまった。

足取りが軽い。

こんな気分で登校したのは久しぶりだ。

今日、なにが起こったとしてもこの銃を使えば解決する。

映画のように頭を撃ち抜くなんて現実的じゃないけれど、身体のどこでも弾が当たれば痛いだろう。攻撃されれば誰だって痛い、ということをあいつらに教えてやる。

教室で顔を合わせた瞬間に撃ってもいい。前触れ無く撃ってもいい。食事中を狙っても、あいつらがトイレに行ったタイミングでもいい。周りに誰がいようと気にするつもりはなかった。

だって、僕が暴力を受けていても無関心なやつしかここにはいないから。

それならきっと、誰が撃ち殺されたところで無関心でいるに違いない。でなければ不平等だ。

人は空気に従う。

大人も子どもも、優等生も劣等生もみんな同じだ。

法律も、校則も、道徳すら守らないようなやつらも空気には従う。その空気から浮いているような人間は迫害してもいいし、無視しても構わないと思っている。

そういう連中に、僕はこれまで抵抗する手段を持ってなかった。でも今はもう違う。

銃を構えて引き金を引く。

ただそれだけの時間さえあれば、この環境に一矢報いることができる。

だけど、僕は卑怯《ひきょう》なことをするつもりはない。

もしもなんらかの心変わりが相手にあって、金輪際近づいてこないならわざわざこちらから手を出す気はなかった。

銃はあくまで自己防衛のための武器だ。

こちらから危害を加えるために手に入れたわけじゃない。

次にあいつらが僕に暴力を振るったとき。

そのときこそ、堂々と銃を使おう。

そう決めていたのに。今か今かと待ち受けているときに限って、相手はまったく反応してこない。

つくづく思い知る。

あいつらにとって僕への暴力は暇つぶしの一つでしかないのだろう。最優先事項でもなければ、最大の関心事でもない。回し読みしている漫画雑誌が面白ければその話題で盛り上がる。ネットで見つけた面白い記事があれば、そちらに興味がいく。

だけど、なにか気に入らないことがあったり、あるいはただ退屈だったときに、不満の矛先が僕へ向けられる。それだけのことみたいだ。

今日の場合、それは体育の時間だった。

サッカーの試合は待ち時間が長い。学校の狭いグラウンドでは一試合ずつしか行えないからだ。

他のチームが試合をしている間、暇を持て余した二人組の加害者は僕を校舎裏へ連れて行くと、いつものようにゲーム感覚で殴った。僕に面白い悲鳴を上げさせたほうが勝ち、という意味不明なルールで順番に殴っていく。

殴られている間、気を紛らすためにも僕は銃のことばかり考えていた。

教室で殴られたならすぐさま銃を取り出せた。どこかへ連れて行かれそうになっても、銃を持っていくことができた。

だけど体育の授業中は無理だ。銃は今もカバンにしまったままだから。

これが終わったら、報復してやる。

そう考えることが唯一の慰めだった。

でも、どれだけ痛みに耐えようとしても限界はある。痛みに負けて僕は泣いてしまった。意志とは関係なく涙と嗚咽《おえつ》が漏れる。

「ちょっとやりすぎたな。こいつがしゃべらなくても、殴ったのバレるかも」

彼らは嗜虐《しぎゃく》性をにじませた声でニタニタと笑いながら言った。

「じゃあ仕方ないな。手当てしてやるから来いよ」

それが言葉通りであるはずがない。そうわかっていても僕は両側から抱えられるようにして校舎の中へと連れ込まれてしまう。

保健室は一階にあるはずだが、彼らと一緒に僕は階段を上がっていった。

自分が次にどうなるのかは想像がつく。事故で片付けるために、僕は階段から突き落とされるのだろう。ひどい話だ。

次の暴力が訪れるまでの短い時間、僕は自分の決断力のなさを後悔していた。

ごちゃごちゃと建前を並べていないで、さっさと銃を使えばよかったんだ。これまで何度も妄想してきたように。そうすれば、こんなことにはならなかった。

でも僕はそうしなかった。

銃を使うことをためらっていた。

正直に言うと、僕はずっと怯えていた。

物騒なことを考えて、残酷な妄想を繰り返していながら、それを現実にする勇気がなかった。その結果がこれだ。

被害者として逃げることも、加害者として殺すことも避けてきた。だからこうして、一方的に踏みにじられている。

これじゃ、なにも変わらない。

銃を持っていなかったときと同じだ。

呪うだけで相手を殺すことはできないけれど、武器だけあっても殺せない。

空気に従っているのは僕も同じだった。

周囲から浮いているから、虐げられても仕方ない。誰かに助けを求めたらひどい目に遭うかもしれないから耐えるべきだ。

そんな空気に流されて、僕は今まで本気で抵抗しようとしたことがなかった。

銃で撃ち抜くべき本当の敵は、そういう見えない空気みたいなものだったんだ。

だから決めた。

とっさに僕は加害者の一人に掴《つか》みかかる。

銃を使おう。

たとえ実物がここにないとしても、引き金を引くような気持ちで動くんだ。

多分、あいつらも不意をつかれたのだと思う。

これまで無抵抗だった僕が立ち向かってくるなんて想像もしていなかったのだろう。

本来ならきっとびくともしないであろう相手の身体が、非力な僕に負けて後ろに数歩下がる。踏みとどまるつもりだったのだろうが、そこにはもう地面がなかった。

階段を踏み外した彼らは、二人揃《そろ》って階段を転がり落ちた。

当然、僕も一緒だ。

どこが上か下かもわからなくなりながら、全身をしたたかに打ち付ける。

その痛みの中で僕は気づく。

武器がなくてもこんなに相手を痛めつけることができた。自分もある程度はダメージを受けたけど、一方的に殴られたときよりかは痛くない。

いつもより痛いのは他の部分だった。

掴みかかった手が痛い。早鐘を打つ心臓も痛い。緊張と興奮で息ができない。

誰かに暴力を振るうのって、こんなに気分の悪いことだったのか。

これを楽しいと感じるなんて、こいつらはやっぱりどうかしている。

銃が欲しいだなんて、僕もどうかしていた。


それからの出来事はあっという間だった。

僕たち三人が階段から落下したことは、当初派手なケンカとして処理されそうになった。

しかし僕は腕の骨を折り、向こうの二人は足の骨を折った。ここまで大きなケンカだと原因を究明しないと、お互いの保護者が納得できないと騒いだ。

それによって僕に対する暴行が明らかにされた。もちろん、すべてを証明できたわけではないけれど、十分だった。

あいつらの両親はそれぞれ本人を連れて、僕の家まで謝罪しに来た。それで納得できるようなことではないけれど、無視されるよりかはいい。あいつらはひどい連中だけれど、彼らの両親が良識のある人で良かったと思う。

あいつらは転校することになった。

そして骨がくっつくのを待たずして、僕も転校することになった。

事情はどうあれ、階段から人を突き落としたのは事実だ。

僕もあのときの加害者として罰を受けるためにここを出る。それは自分としてはすごく納得のいく結末だった。

ちなみに、使わなかった銃は元の河川敷に埋め直しておいた。調べたところ、改造された拳銃は持っているだけで罪になるらしいので、使わなくてよかったと今は思う。

でもアプリに助けを求めて、銃を手に入れたことは後悔していない。

一度手に入れたからこそ、あれが必要のないものだと判断できた。朝が来たから、夜に考えていたことが間違いだと気づくことができたみたいに。

この学校に通う最後の日、僕は保健室へと立ち寄った。

「そっか、転校するんだっけ。じゃあ引っ越し先は、あなたにとって良い居場所になるといいね」

芳村先生の反応は淡白だ。でも、だからこそ僕にとってはこの町で唯一の話し相手になってくれた貴重な人でもある。

感謝の気持ちを込めて、お辞儀をする。

それから少し考えて、僕は口を開いた。

淀《よど》んでいた空気を肺から吐き出し、言葉を紡ぐ。

「——さよなら」

「うん、さよなら。ねぇ、私は良い声だと思うよ」

芳村先生は別れの言葉に、ただ一言そう付け加えてくれた。

そして僕は新しい町へ向かう。

きっともう銃が欲しいと思わなくてもいいような日常がやってくることを願って。

初恋に追いついた日

殺したくなるほど人を嫌いになるのには時間がかかる。だけど、死にたくなるほど誰かを好きになるのに時間はかからない。

どんな特徴から人を好きになるか。私の初恋は声からだった。

子どもの頃、私はピアノを習っていた。母よりも少し年上の女性が自宅でレッスンをしていて、そこに週に一回通っていた。

当時まだ小学生だった私は歳《とし》の離れた姉に送り迎えをしてもらっていたのだけれど、その日は姉の都合でいつもよりお迎えが遅れていた。

ピアノ教室にはもう次の生徒が来てしまったが、私を一人にしておくのは気が引けたのだろう。ピアノの先生は別の部屋にいた息子さんに声をかけ、私の相手をするように言った。

当時高校生だった彼は、母親からの突然の頼みを引き受けて出てきてくれた。

当時の私は男の人があまり得意ではなかった。だから、突然現れた背の高い男の人に緊張したのを覚えている。

彼も私とどう接すればいいのか迷うように視線をさまよわせていたが、やがて自己紹介から始めてくれた。

「こんにちは。えっと、鵜《う》飼《かい》雅春《まさはる》です」

綺《き》麗《れい》な声だな、と感じた。

背筋が震えるような、優しくて甘い声。お父さんの低くてボソボソした聞き取りにくい声とは違う。学校の先生が出す威圧的で硬い声とも違う。

こんな綺麗な声を出す男の人がいるんだと、幼い私は衝撃を受けた。

「じゃあ、トランプでもする？」

一目惚《ひとめぼ》れとは言い切れないけれど、このときすでに身体の半分くらいは初恋に沈んでしまっていた気はする。

先生の家には三人の息子さんがいて、その全員に「雅」の字がついているそうだ。だから家ではその「雅」の字を取った呼び方をされているらしい。彼の場合は「ハル」と呼ばれていた。

それからの私はピアノ教室に通うたび、姉が迎えに来るまでの短い時間をハルさんと過ごした。

ハルさんは私とトランプをしながら時折「学校ではどんなことをしているの？」とか「ピアノは好き？」と優しい声で尋ねてくれた。

私もハルさんにたくさんの質問をした。そして彼について色々なことを知った。

運動は苦手なこと。SF小説が好きなこと。将来は翻訳家を目指していること。

そうして私たちは何年もかけて少しずつ、打ち解けていった。

お互いの好きなもの、苦手なこと、綺麗だと感じるもの。

まるで相手の心にある引き出しを一つずつ丁寧に開けるようにして、私はハルさんのことを知っていったし、ハルさんも私のことを知っていってくれたと思う。

私が成長してピアノ教室をやめても、ハルさんとの交流だけは続いた。

私とハルさんをつないでくれたのは小説だ。

それまで私はあまり本を読まない子どもだったけれど、好きな人の好きなものは自分も好きになりたい。その一心で、たくさんの小説を読んだ。

ハルさんと出会ってからずっと、私はとても幸せだった。

いつか、ハルさんと恋人になる日を想像して、でもそれは決して非現実的な空想だとは思わなかった。

姉とハルさんが交際を始めるその日までは。


「ごめんね、なんだか色々と手伝わせちゃって」

「いえ、ついでですから」

十五歳になった私は、ハルさんの部屋にまだ通っていた。本の貸し借りをして、お互いの感想を伝え合うためだ。だけど、ここしばらくは部屋の片付けを手伝うような時間が増えてしまっている。

ハルさんの部屋はいつも大量の本で満たされていて、その数が増えることはあっても減ることはなかった。

けれど今はそのほとんどが床のダンボール箱に詰め込まれ、本棚はいくつかの空白を収納している。それを見るのは、なんだか寂しい。

「全部は持っていけないから、厳選しようとは思ってるんだけどね。なかなか進まなくてさ。他の私物はあっという間に荷造りができたのに、おかしいでしょ？」

ハルさんがごまかすように笑うけれど、私は全然笑えなかった。

一ヶ月後、ハルさんはこの家を出て、姉と一緒に暮らし始める。結婚を機に同居を始めるのだ。

そのことに私はまだ納得できないでいる。

自分で言うのもおかしな話だけれど、私は年齢のわりには冷静で現実が見えているつもりだ。

その証拠に、ハルさんとの間にある八年という歳の差をきちんと受け入れている。

歳の差なんて関係ない、と言えるようになるまでには時間がかかるものらしい。たとえば、五十歳と四十歳が恋愛するのは問題ないけど、二十三歳と十五歳では少なからず問題がある。理由は単純で、社会人と中学生だから。あるいは、成年と未成年だから。

そして、大人と子どもだから。

けれどそれは、私が二十歳になれば、彼との歳の差がいくつだろうと障害にはならないということだ。

だから、それまでの間にハルさんが誰と恋愛しても受け入れるつもりだった。あれだけ魅力的な人なのだから、近づいてくる女性も多くいるだろう。時には気の迷いで、変な女と付き合ってしまうこともあるかもしれない。最悪、早々に結婚してしまうことも一応想定はしていた。

たとえ、何人の女性と恋愛をしていようと、何度離婚していても、最後に私と添い遂げてくれるなら、十分ハッピーエンドだ。恋は早いもの勝ちってわけじゃない。

だから三年前、姉とハルさんが付き合い始めたと知ったときも、まったく動揺はしなかった。落ち着いて、その信じがたい事実を受け止めた。

もちろん姉には腹が立ったし、イライラして枕を投げたりもした。眠れなくなって、肌も荒れて、ニキビもいくつかできた。

けれど、想定の範囲内だと自分を納得させた。まだ中学生になったばかりにしては大人な対応だったと今でも思う。

気の迷いだ。繊細なハルさんと、がさつな姉の関係が長続きするわけがない。

しかし私の予想に反して、二人の交際は順調に進んだ。挙句の果てに、就職したハルさんが新生活に慣れた今、ついに結婚というところにまで話が進んでしまっている。

これはさすがに看過できない。

誰と結婚しても問題ないとたしかに言った。だけど姉だけは絶対ダメだ。

仮にハルさんが将来姉と離婚したとしても、私と再婚してくれる可能性はゼロに等しい。制度上は別れた相手の姉妹と再婚しようと問題ないけれど、世間体というものがある。親戚づきあいだって気まずくなる。そんな選択肢をハルさんが選ぶとは思えない。

私が長年思い描いてきた未来予想図を唯一破壊しうる存在。

それが、姉だった。

でも、どうすることもできないまま来月には結婚式を迎えようとしている。

「加奈恵《かなえ》ちゃんに相談できてよかったよ。一人だと永遠に本の山の中で彷徨《さまよ》っているところだった。これだけ趣味の話が合うのは加奈恵ちゃんだけだね」

私を本好きにしたのはハルさんだから話が合うのは当然だ。

それでもやっぱり、こういう言葉を聞くと嬉《うれ》しくなってしまう。

「うちは男兄弟で、しかも僕が末っ子だからさ。加奈恵ちゃんみたいな子が妹だったらなって昔から思ってたんだよね」

妹のようだと思われていることに不満はない。家族のように距離が近い、という親密さの表れでもあるから。

「それが本当に義理の妹になるんだから、人生っていうのはすごいよ。劇的だ」

その言葉がどれだけ私を傷つけるのか、きっとハルさんは知らないままだろう。知らなくてもいいと思う。

でも私はあなたを「お義兄《にい》さん」だなんて呼びたくはない。一生。死んでも。

「今回貸してくれた本も面白かったです」

私は少し強引に話題を切り替える。

自分の選んだ本を褒められたハルさんは柔らかく微笑《ほほえ》んだ。

「あ、やっぱり？　希美《のぞみ》も好きだって言ってくれたんだよ」

絶望的な言葉に、目の前が暗くなる。せっかくの二人きりなのに、姉の話題なんて口にしたくもない。けれど、確認せずにはいられない。

「姉さんが本を読むなんて知りませんでした」

「あ、直接原作を読んだんじゃなくて実写映画をね。希美は活字を読まないよ。すぐ眠くなっちゃうみたいだから」

ハルさんに悪意はない。だけど私は姉と比較されることがこの世で一番嫌いだった。

姉はここにいなくても、私とハルさんの邪魔をする。それが不快で仕方ない。

「おーい、まだかかりそう？」

そのとき、無遠慮にハルさんの部屋に入ってきたのは姉の希美だった。

「うーん、もうちょっとかな」

「もう、だからそんなのまとめて売っちゃいなって。置くところがないんだからさ」

私と姉は十歳差の姉妹で、今までにケンカをしたことは一度もない。これくらい歳が離れていると、どれだけ腹が立ってもケンカにならない。腕力でも言葉でも絶対に勝てないから、昔から私が我慢する以外になかった。

姉との仲はそんなに悪くはないつもりだ。ずっと同じ家で暮らしてきたし、並んで朝食も食べるし、それなりに会話もする。でも昔から姉に良い印象はなかった。

姉はデリカシーがなく乱暴だ。自分の考え方が絶対に正しいと信じて疑わない。

姉の持ち物なら好きにすればいい。でもハルさんの大事にしているものまで、自分のもののように扱うのは横暴だ。

私が憤慨して嚙《か》み付《つ》くより先に、ハルさんがやんわりと返事をした。

「大丈夫。連れて行く本は決めたから。残りのいくつかは加奈恵ちゃんに引き取ってもらって、あとはちゃんと処分するよ」

「ならいいけど。それじゃ、あたしは下で待ってるから五分以内に降りてきてよね」

そう言って姉は出ていった。足音まで耳障りな人だ。

ハルさんは私のほうに振り返って言った。

「明日には買取に持っていくから、この部屋にあるもので欲しいものがあったらなんでも言ってね」

だったら――私はあなたが欲しいです。ずっと前から。

本の貸し借りなんて最初から口実だった。普通の人ならそのことに気づきそうだけど、純粋なハルさんはとうとう最後まで私の気持ちに気づかないままだった。

口にできなかった思いを飲み込んで、私は空っぽになっていくハルさんの部屋を見つめる。

姉のことはこれまでずっと苦手ではあったけれど、別に嫌いではなかった。不幸になれとまでは思わない。でも近くには居てほしくない。どこか遠くの、私の知らない土地で、私の知らない人と勝手に幸せになってくれたらいいなと願っていた。

でも今は違う。

姉に対する敵意が抑えきれない。

いなくなればいいのに。

今まで姉に対して何度そう思っただろう。

遡れば、子どもの頃から姉はズルかった。がさつで勉強もできないくせに要領だけは良くて、いつも私が大切にしているものを横から奪っていく。

姉が突然熱を出したせいで、両親は私の学芸会を見に来てくれなかった。

毎年のお年玉だって、年上という理由だけでいつも姉のほうが多くもらってきた。

今までは気にしていなかった、そんな些細《ささい》なことまで気に障る。

不公平だ。憎くて仕方がない。

ずっと我慢してきたけれど、もう限界だった。


最近、学校で話題になっている占いアプリ『孤独な羊』には奇妙な噂がある。

普段は的中率の高い占いをするだけのアプリだけど、極稀《まれ》に現れる黒羊にお願いするとどんなものでも手に入るらしい。それが武器でも、毒でも、もっと危険なものでも。

私は姉に消えてほしいと思っている。

だけどそのための手段がない。

私が姉になにか危害を加えるようなことがあれば、ハルさんは悲しむだろう。だから誰にもバレないように姉を消してしまいたかった。

私は普段数分程度しか触れない『孤独な羊』で、黒い羊を探した。『孤独な羊』には様々な色の羊が画面に現れ、それぞれ異なる占いを提供してくれる。

たとえばピンクの羊は恋愛について。私はこの色の羊を選ぶことが多い。表示されたラッキースポットで偶然ハルさんと出会えたこともあったから、占いは信用しているし、アプリも毎日使ってる。

でも、黒い羊なんて今まで一度も見たことがない。信憑性《しんぴょう》の乏しい噂だ。

なのに、今はそんな噂にでもすがりたい気分だった。

ベッドに横たわったまま、アプリを眺めて黒い羊を探す。

どうせイライラして眠れないのだから、このまま朝が来てもいい。バッテリーが続くかぎりは黒い羊を探そう。

そうして、夜の暗さが増していった頃。

画面の端から、黒い毛をした羊がするりと現れた。

その羊にすかさず触れると、願い事を書き込むページが表示される。

願い事はすでに決めていた。私はすぐに「毒が欲しい」とアプリに書き込む。

その怨念を込めた願いを送信して、布団から起き上がる。いつの間にか夜は終わりが近づき、窓の外はかすかに白く、日が昇り始めていた。その朝焼けを眺めていると、急に恐ろしくなってしまう。

確実に毒が欲しいという気持ちと、本当に手に入ったらどうしようという不安が混じり合って、結局眠れなかった。

アプリからの通知が来たのはそれから二日後のことだった。

『黒い羊があなたの願いを叶えました』

届いた占いの内容に従ってラッキースポットとして示された駅のコインロッカーに行く。もう噂を疑うような気持ちはない。だけど、いざとなるとやっぱり少しだけ怖気《おじけ》づく。期待と不安がどんどん強まり、私の指先は冷たくなった。

指定された自動販売機の下には鍵が隠してあって、その鍵で開いたロッカーの中には小瓶が一つだけ置かれていた。

不気味な色の小瓶は、その見た目だけで毒だという説得力がある。

誰かに見られるのが恐ろしくて、私はそれを両手で隠すと逃げるように家に帰った。

両親も姉もいない、一人きりのリビングであらためて小瓶と向かい合う。

蓋を開けてみたが、においはない。これなら飲み物に混ぜてもバレずに済むだろう。

この毒を使えば、おそらく私の願いは叶う。

そのとき、玄関の扉が開く音がしたので慌てて小瓶をポケットに隠した。

「うあー、疲れたー」

姉がドタドタと足音を響かせてリビングに入ってくる。

「引っ越しの準備ってなんであんなに手間なんだろうね。もう汗だく」

本当は興味なんて微塵《みじん》もないけれど、こんな風に言われたら話し相手をしないわけにはいかなくなってしまう。

「今日はどんな準備をしてきたの？」

「家具とか家電とかを選んでたの。揃《そろ》えないといけないものが多いのに、ハルが優柔不断だから時間がかかってさぁ。ソファの色なんて何色でもいいと思わない？」

姉がなにかを話すたびに、私の中で淀んでいるものがうごめく。

それが殺意を揺るぎないものにしてくれる。

けれど、そんな気持ちは表に出さない。秘めたものを爆発させるのは、もう少し先でいい。

「汗かいたんでしょ。シャワー浴びてきなよ」

「うん、そうする」

私の感情に気づくこともないまま、のんきな姉が風呂場に向かう。

直接姉と接したことで、迷いがまた少し消えた。

いくら結婚するからといって、ハルさんのことを悪《あ》しざまに言うのは許せない。それが親しさの証明としての振る舞いなら、なおさらだ。

風呂上がりの姉が好んで飲むアルコールに毒を混ぜればバレないだろう。それで痛い目に遭えばいいんだ。

姉が気に入っている缶チューハイを取り出し、氷を入れたグラスに注ぐ。コップの底から炭酸の泡が絶えず湧き上がり、弾けていく。私はそこに小瓶の中身を半分ほど垂らした。無色透明の液体はあっという間に混ざり合ってわからなくなる。

そのとき、再び玄関の扉が開いた。

両親が帰ってきたのかと警戒したけれど、入ってきたのはハルさんだった。

「ただいま」

姉とハルさんが婚約して唯一良かったと感じることは、ハルさんがうちに来るとき少し照れながら「ただいま」と言ってくれるようになったことだ。

「おかえりなさい」

でもこれは、私とハルさんが交際していても起きたはずなので、姉に感謝するつもりは一切ない。

「あれ、希美はまだ帰ってない？」

「今、シャワーを浴びてます」

「そうなんだ。暑かったし、時間もかかったからね」

ハルさんはアルコールが苦手だから、間違って毒を飲むことはない。

そう思っていたから、ハルさんが迷うことなくコップに手を伸ばしたとき、びっくりして動くのが遅れた。

ハルさんが摑んだコップを、慌てて両手で上から押さえる。

「こ、これお酒ですよ」

落ち着こうとしても、動揺が声に出てしまった。

不審に思われるかと心配したが、ハルさんは普段どおり優しい表情をしていた。

「わかってるよ。でも、ぼくもたまには飲むから」

「なら新しいのを用意します。これは姉のですから」

「希美は気にしないでしょ」

たしかに姉は大雑把な人だから、自分の飲み物が一口減っていても気にしない。

でもこのままだとハルさんが毒を飲んでしまう。それはダメだ。

「加奈恵ちゃん、最近なにか悩んでない？　顔色、あんまり良くないよ」

コップを摑んだまま、ハルさんが言う。

真正面から話をすると自分の気持ちがバレてしまいそうだ。逃げ出したい。

だけどここで逃げたら、毒でハルさんを殺してしまう。一つのコップを間に挟んで、
身動きが取れない。

悩んでいるのは当然だ。本音を聞きたいと言うなら、はっきり言葉にできる。

「私は」

あなたと姉の結婚が納得いかないんです。

どうして私じゃなくて、あんな女を選んだんですか。

どうして、私じゃダメなんですか。

私のほうがあなたを好きなのに。

ただ先に生まれたというだけで、私が姉に負けているところなんて一つもないのに。どうして私が大人になるまで待ってくれなかったんですか。

どうしてもっと遅く生まれてきてくれなかったんですか。

言いたいことはいくらでも思い浮かぶのに、無意味な言葉ばかりなのがもどかしい。

結局、私は言葉を選んで淀みを吐き出す。

「姉さんと結婚するからって、ハルさんが好きだった本を捨てなくてはいけないのは納得いきません」

「そうか、ごめんね。加奈恵ちゃんも本が好きだから、粗末に扱ってるみたいで気分が悪かったよね」

ここまで言っても、ハルさんは私の好意に気づかない。でもそんなところまでどうしようもなく愛おしく感じてしまう。

「本が嫌いになったわけじゃないんだ。だけど、なんていうか、他にも大事なことができたっていうかさ」

うーん、と言葉を選ぶようにハルさんは慎重に話す。

「希美のおかげで僕は変わった。多分、希美も前とは違う。一緒になる、っていうのは戸籍とか住所だけじゃなくて、もっと感覚的なものなんだ。誰かを好きになるっていうことは、それまでの自分が死んで、生まれ変わるっていうことなんだよ」

世界で一番好きな声に、世界で一番聞きたくない話をされている。

笑ったほうがいいのか、泣くべきなのかがわからなくて、私は唇を嚙みしめる。

姉に勝てない、とは一切思わない。

今までそんな風に思ったことは一度もないし、今後も絶対にないだろう。

今でもハルさんが姉を選んだことは、彼の人生における最大の失敗だと思う気持ちは変わらない。

だけど、きっと姉が死んだらハルさんは悲しむだろう。

そうしたら、もうこんな風に、甘く優しい声で微笑んではくれなくなる。

それは嫌だな、と気づく。

「あと本は旅をするものだと思うんだよね」

「旅、ですか？」

「うん。自分が生まれる前に出版されて、絶版になった本を読みたいと思っても普通は手に入らないでしょ？　でも、大切にしていたそれを手放す人がいるから、古書店を経由して読みたいと願った人の手に届く。それってステキなことだと思うんだ」

私はやっぱりこの人のことが好きだ。

優しい声も、綺麗な指先も、選ぶ言葉も、考え方も、感性も。

なにもかもが柔らかくて愛おしい。

だからこそ、私はハルさんにずっと笑っていてほしいなと願う。

大好きなあなたが幸せなら、私は幸せじゃなくてもいい。

今ようやく、そう決めることができた。

それでも、涙が出てしまいそうだ。

「あれ、二人でなにやってんの」

ちょうどそのタイミングで姉が現れる。全裸にバスタオルを巻いただけの、だらしなさを極めた格好だ。あられもない姉の姿にハルさんの意識がそれる。

その隙に私はコップを奪い、引き寄せた。その拍子に中の液体はこぼれ、私の身体を濡《ぬ》らしていく。

でもこれできっと涙もごまかせる。

姉とハルさんが驚いた顔をしている中、私はうまく笑うことができた。

甘く、そして匂い立つようなアルコールが私の体温を吸って流れ落ちていく。

この中に混ぜた毒が、私の恋心を殺してくれますように。

そう願っていた。

死んでくれ、神様

機械ならきっと、誰かに死んでくれと願ったりはしない。

だから私は家に帰るとき、自分の心と身体を引き離す。

コツは自分をロボットだと思うことだ。投げつけられた言葉に対して効率の良い答えを返し、求められる必要な仕事を迅速に済ませていく。

ひどい言葉を投げかけられても、それはロボットが否定されているだけだ。私自身が傷つく必要はない。

祖母は身体こそ不健康だが、口だけは元気に動く。

買ってきた食事は手抜きだと嫌がり、料理を作れば味が濃いと罵られる。汚れた衣服を洗濯すると洗濯機がうるさいと言われるので、コインランドリーまで持っていかないと許してもらえない。

だから家では息を殺して生活する。掃除も、食器洗いも、入浴も、勉強も、身支度も、極力物音を立てないようにしている。

それでも祖母は満足しない。

祖母の不満は多岐にわたるけれど、結びの言葉はいつも同じだった。

「あんた、あたしを殺す気か」

祖母が事あるごとに口にするこの言葉も気にしなくていい。

だって、攻撃されているのは私が動かしているロボットだ。私自身じゃない。

だからすぐさま「ごめんなさい」と謝ることができる。

最初は祖母の言葉をすべて真に受けていたけれど、あるとき祖母を言葉の通じる相手だと思うから悲しくなるんだと気づいた。

相手を神様だと思えばいい。どれだけわがままでも、理解の及ばない存在なら諦められる。同じ人間で、きっと話が通じるはずだと期待するから悲しくなるんだ。

私はロボットを操作して、神様を介護している。あまりにも非現実的な設定で、出来損ないの喜劇みたいだ。

でも時々泣きたくなることもあった。

どんな喜劇でも、終わりがなければ苦痛でしかない。

そしてこの喜劇は、私の意志で終わらせられるものではなかった。


祖母が腰を痛めたのは一年以上前のことだった。それ以来、寝たきりの生活を余儀なくされ、一人暮らしをしていた祖母は我が家で暮らすことになった。

うちに母はいない。ずっと父と二人暮らしだった。

当初、祖母の介護は父と二人で分担していた。食事の用意は学校から帰ってきた私が、入浴などの力がいることは父が、という具合だ。

私に介護を手伝わせることに父は強い罪悪感を抱いているようだったけれど、二人しかいないのだから仕方ない。親戚はあれこれ口を出すことはあっても、お金を出してくれるわけでも手を貸してくれるわけでもなかったから。

父は休日になると自分が一日中祖母の面倒をみると言って、私に気分転換をさせようとしてくれた。だから日曜日は友達とカラオケに行ったり、買い物に行ったり、映画を観《み》たり、たまにはちゃんと勉強をして過ごした。

祖母は当初恐縮していたようだけど、次第にイライラし始めた。思い通りにならないことが多くて、ストレスが溜《た》まっていったのだと思う。父はそんな祖母を辛抱強くなだめ、慰め、元気づけていた。

そんな日々が三ヶ月ほど続いた頃、突然父に単身赴任の話が浮上した。どうしても断りきれなかったらしい。

父が自宅で祖母の面倒を見られないのなら代わりにと、訪問介護を頼むことになった。けれど祖母がそれをかたくなに嫌がった。他人が家に上がり込むのも、自分の身体を触るのも嫌だと。

それでも最初は強引に来てもらっていた。だけど「まずい食事で殺されかけた」とか「あたしのものを盗んだ」などと言って困らせたので、結局訪問介護は断念せざるを得なかった。

父に仕事を変えてもらうことも考えたが、それは非現実的だ。とにかく祖母は他人の世話になるのを極端に嫌う人で、介護ホームに入ることさえも拒んだから、もうどうしようもない。

うちはそんなに裕福ではないし、仕事を選べるような時代でもない。おばあちゃんの世話を頼む、と以前よりやつれた父に頭を下げられて、嫌だと言えるほど私はワガママになれなかった。

なんでも嫌だと喚《わめ》く祖母とは違う。父の苦労も想像できるし、どんな気持ちで頭を下げているかもわかってしまうから。本当はわからないほうが幸せなんだろうな、とつくづく思う。

仕方ない、というのが父の口癖だった。

他人や親戚に、どれだけ厄介事を押し付けられても「仕方ない」の一言で受け入れてしまう。母に愛想を尽かされたのもそれが理由だったけれど、それだって「仕方ない」で済ませてしまった。

お人好《ひとよ》しと言えば聞こえはいいけど、結局要領が悪いだけなのだと母は言っていた。

私は母の意見も正しいと思う一方で、父の生き方も否定はできない。世の中には、仕方ないと割り切る以外にどうしようもないことがあるんだと思う。

祖母のことがまさにそうだ。

父が倒れてしまうか、あるいは職を失えば、我が家の収入はなくなり、私は学校に通うことさえできなくなるだろう。そうなれば、みんなまとめて野垂れ死にするしかない。

だから私は、一人で祖母の面倒を見るというこの現状を受け入れている。積極的にではなく、消極的に。父の口癖を借りるならこれも「仕方ない」ことなんだろう。

朝はギリギリまで祖母の要望に応えてから学校に行き、放課後はすぐに帰ってくる。入浴を手伝うようになってから足や腕に変な筋肉がついた気がする。

でも、まだ大丈夫。

私は元気で、健康で、困っていない。

数日に一度かかってくる父からの電話には、いつもそう答えている。半分は強がりだけど、もう半分は本当だ。

だけど、こんな日々がいつまで続くのだろうという不安はあった。

半年を予定していた父の単身赴任は一年に延びた。これが二年、三年と長くならないという保証もない。そのことが最近不安でたまらない。

自宅と比較すると、学校は楽しい。

教室にいる間だけは家のことを忘れられる。

授業中はちょっと寝てしまうけれど、先生に起こされるくらい大したことない。祖母と違って、いきなり大声を上げるわけじゃないし、ある程度は会話も成立する。

お昼ごはんもゆっくりと食べられる。流行《はや》りの話題にはついていけなくなったけれど、友達と談笑しながら食べるとなんでもおいしい。

楽しいからこそ一日はあっという間に終わってしまう。

放課後、友達の誘いを断って、まっすぐ帰宅する。部活もやめた。

本当は遊びに行きたいし、部活に未練もある。

でも、祖母を放置しておくわけにもいかない。だから仕方ない、だ。

駅から自宅までの道中に、夕飯の買い出しを済ませてから帰宅する。

この自宅の扉を開ける瞬間が毎日憂鬱だ。耳をふさいで、このままどこかへ逃げてしまいたい。

そんな衝動をなんとか抑えつけて、深呼吸をする。

今から私は、神様の介護をするだけのロボットだ。

機械に心はない。だからどんなことが起きても大丈夫。悲しくないし、怒ることもないし、殺意だって抱かない。それが機械の良いところだ。

家に入って、まず最初に祖母の不平不満を聞き流した。

そしてただ決められた仕事を淡々とこなす。身体を機械的に動かしたまま、切り離した心で別のことを考える。

昔はいい時代だったらしい。

人と人との付き合いが温かくて、景気も良くて、自然豊かで、煩わしいテクノロジーなんて一つもなかったそうだ。今ではテレビのリモコン一つ満足に扱えない祖母がうわ言のようにそう繰り返している。

だったら、その時代のうちに死んでおけばよかったのに。

いつまでも生きているから、こんな状態になっても平気で不平不満を垂れ流し、人に感謝もできないような厚顔無恥の老人になってしまう。いい時代とやらと一緒に死ねば、そうはならなかったのに。

そんなことはとても口には出せない。

代わりに、不快感は絶えず胸の奥へ沈殿していく。

以前に一度、若い頃の祖母の写真を見せてもらったことがある。写真にうつる十代くらいの若い祖母は、綺麗な服を着て、同年代の仲間と楽しそうに笑っていた。

当時の祖母は友達と楽しく、歌って騒いだのだろう。恋をして、好きな人とデートもしたはずだ。

それに引き換え、今の私はなにもできない。

勉強も、遊びも、恋も、すべて不自由だ。

だって、私以外の誰も祖母のおむつを替えないから。寝返りもできない祖母は床ずれを起こすし、一人では空腹を満たすことさえできないから。

不幸比べをするつもりはない。祖母が今の私と同じ十五歳だった頃、まったく苦労を知らなかったとまでは考えていない。

だけど、もういいんじゃないか。

祖母はもうすぐ八十五歳だ。私の何倍も長く生きている。

その間にはたくさん楽しいこともあっただろう。

友達と遊んで、恋をして、好きな人と結婚して、子どもを産んで。得難い経験もしたはずだ。

なら、もう死んでくれてもいいんじゃないか。

介護に求められる作業をこなすたびに、私の中の殺意がうずく。何度もよぎっては打ち消してきた考えが、そろそろ消せないくらい強くなってきていた。


「ミホ、授業中の居眠り増えたよね」

翌日の放課後、友人の加奈恵がぽつりとつぶやく。

どうしても自宅では気が休まらないため、睡眠は授業中に回しがちだ。家にいると朝も夜も祖母の様子に気を配っていなければならない。

特に昨日は眠れなかった。

理由はわかっている。

祖母に対して、死んでくれと思う気持ちがまだ消えない。

食事を作るときも、入浴を手伝うときも、少し間違えたら簡単に命を奪えるのではないか。自分の手でこの長い喜劇を終わらせられるんじゃないか。

その誘惑を振り払えないでいる。

そういえば加奈恵は同年代では珍しく、古いSF小説をよく読んでいた。だから非現実的な仮定の話にも付き合ってくれるかもしれない。

「ねぇ、加奈恵は人を殺したいと思ったことある？」

「あるよ。誰でもそれくらいはあるんじゃない？　夜、寝る前とかは特にね」

「その考えが朝になってもまだ消えてなかったら、どうしたらいいんだろう」

どうすれば、またいつもみたいに自分の感情を切り離せるのか。

まともな返事なんて期待していなかったけれど、加奈恵は予想もしていなかった答えを、私の目の前に置いた。

「じゃあこれ、あげる」

そう言って加奈恵がポケットから取り出したのは毒々しい色のついた小瓶だった。理科の実験で使いそうなものだ。

「これ、何？　怪しい薬とかはいらないよ」

「薬じゃなくて毒。飲んだら死ぬんだって」

「マジ？　こんなの、どこで手に入れたの？」

「アプリを使ったの。噂になってる『孤独な羊』ってやつ」

占いアプリ『孤独な羊』は私もインストールしている。といっても祖母の面倒を見るのが忙しくて、最近はほとんど起動していない。

でも噂については知っている。

よく当たる占いというのが本来の用途だけど『孤独な羊』にはもう一つ、どんな願いも叶えてくれる、という怪しい噂があった。

願えば、嫌いな相手を殺すこともできるらしい。

よくあるバカバカしい噂だ。正直、私は信用していない。

でも加奈恵は大真面目に話を続ける。

「アプリの中で黒い羊を捕まえたら、毒が手に入ったの。だからあげる。でも使っちゃダメだよ。確かめてないけど、本当に毒かもしれないから」

「それ、どこまで冗談？」

「三割くらいかな。とにかく持ってなよ」

「なんで？　毒なんて使う予定ないんだけど」

「お守りみたいなものだよ。最近のミホ、ぼんやりしてて危なっかしいから」

毒のような危ないものを持ち歩く緊張感で、普段の行動がもっと注意深くなるという効果を狙ってるんだろうか。だとすれば、かなり乱暴な気付け薬だ。

とはいえ、友達が私を気づかってくれているのは素直に嬉しかった。こんな風に、趣味の悪い冗談で盛り上がるのも、今の私には貴重な気晴らしだ。楽しい。

「じゃあ、一応もらっとく。ありがと」

友達からの厚意として、毒の入った小瓶を受け取る。

これが本物だったら面白いのにな。

そうすれば祖母をひっそりと——。

そう考えてしまうのは、自分の限界が近いからなんだろうなと私は自覚した。

放課後、駅から自宅までの道のりを歩いて帰る。

制服のポケットには毒の入った小瓶が隠されたままだ。たったそれだけの小さな秘密で、つらい日常が少し変わったような気分になれた。

そのとき、ポケットで携帯電話が震えた。届いたメッセージは父からのものだ。

あまり口数の多い人ではないせいか、文章でも文字数は少ない。大抵は『大丈夫か』で、時々『困ってないか』に変わる。

これが父にできる精一杯の気遣いだというのはわかっていた。

でも荒《すさ》んだ気持ちで見ると、まるで監視されているように感じる。私が手抜きをしていないのかを確かめられているようで、気分が悪い。

母に愛想を尽かされるくらい不器用で、親戚連中から祖母の面倒を押し付けられても文句を言わないくらい善人なのが父だ。それは近くで見てきた私がよく知っている。

それでも感情は理屈に従わない。父に対する不信感が拭えない。

本当はなにも大丈夫じゃない。

今すぐ帰ってきて、私を手伝ってほしい。それができないなら、お金をたくさん稼いで、祖母を問答無用でどこかの施設に入れてほしい。

今の私が父に望むことなんてそれだけだ。

だけど、どれも現実的じゃない。不満をぶちまけたところで、問題が解決しないならただの徒労だ。それでなくとも祖母のせいであまり眠れていない。これ以上、時間と体力を無駄にしたくなかった。

父の相手をするのも面倒くさくなって、適当に「大丈夫」とだけ返信しておく。

そうしているうちに家まで着いてしまった。

自宅を目の前にするといつも腹の中に鉛が詰められたように気分が重くなる。

私は逃げられない。わかってる。仕方ない。

玄関の扉を開ける前に今日も深呼吸をして、覚悟を決める。

この家に入った瞬間、私はロボットになる。だからなにが起きても、つらくない。

お決まりの自己暗示をかけてから扉を開け、そっと家の中に入る。祖母の耳障りな喚き声が今日も私を出迎えるはずだった。

だけど家は静かだ。

つけっぱなしになっているテレビの音だけが聞こえる。

こんなことは今まで一度もなかった。なんだか不気味だ。

「ただいま、おばあちゃん」

もうずっとしていなかった帰宅の挨拶を口にしてみる。

普段の祖母なら空腹を訴えるか、帰ってくるのが遅いと私をなじるのに今日はやっぱり反応がない。

部屋の奥でベッドに横たわったままの祖母をよく観察する。動いていない。胸も上下していない。まるで――呼吸が止まっているみたいに。

ハッとして息を呑《の》む。

祖母は急に具合が悪くなったのかもしれない。すぐに救急車を呼ばないと。

皮膚が粟立《あわだ》ち、家の外で切り離したはずの感情が戻ってくる。

足がもつれ、転びそうになりながらもどうにか靴を脱いだところで、ポケットの中にある小瓶の存在を思い出した。

ついさっきまで自分は祖母を殺すつもりだった。この毒で。

そのことに気づいたとき、動けなくなった。前に進もうとする身体と、後ろへ逃げようとする心が嚙み合わず、身動きがとれない。

腹の底に沈殿していた感情がうごめく。

もしかしたら、本物の神様が私に手を差し伸べてくれているのかもしれない。自分の手を汚さなくても、祖母をあの世へと連れて行ってくれる。特別なことをする必要はない。少しの間、放っておくだけだ。直接毒を盛るよりも、よほど気が楽だろう。

息苦しくなって、手が震える。

このままでは私のほうが倒れてしまいそうだ。

かすかに残った理性が身体を動かし、どうにか携帯電話を取り出す。だけど、指がこわばって動かない。

もう楽になってもいいんじゃないか。

そんな自分のささやきが聞こえた気がした。

私は十分よくやった。

毒で殺すわけじゃない。今、ここで目を閉じ、耳をふさぐだけだ。

たったそれだけのことで、私は解放される。

祖母をお風呂に入れるより、よほど簡単だ。

もう学校から急いで帰ってくる必要もない。息を止めて、粗相をした布団の始末をしなくてもいい。ひっくり返された残飯を処分しなくてもいい。ヒステリックに喚き散らす声を聞かなくてもいい。夜中に起こされることもなくなる。

だけど、でも。

このまま私の神様を見殺しにして、この地獄を終わらせるのか。

それともこれまで通り、望んでもいない喜劇を続けるのか。

どちらか一方を選ぶとすれば、私は——。


この社会の中で人が死ぬというのは、同時に大量の手続きが発生するということだ。単身赴任先から急遽《きゅうきょ》戻ってきた父はたくさんの書類と手続きに忙殺されていた。病院に役所、火葬場だけでなく年金事務所や保険会社などとにかく忙しそうだった。当然葬儀の準備もある。

祖母が亡くなったと知ると、今までは影も形もなかった親戚たちが大挙して押し寄せ、大してないはずの財産の話を始め、その対応にも父は追われていた。

だから私と父が落ち着いて話せるようになったのは、祖母の納骨が済んだ、お墓からの帰り道だった。

「ありがとう。おばあちゃんのこと、きちんと世話してくれて」

黒いスーツとネクタイの父が静かに言う。

そのとき、ずっと忘れていたことに気づく。私にとっては厄介な祖母だったが、父にとっては大切なお母さんだった。その瞬間、自分がとんでもなく薄情な人間のような気がして、鳥肌が立った。

違う。私はそんなんじゃない。私は悪くない。だって、もう限界だったから。

父が善人なのは勝手だ。会社や親戚に良い顔をするのも好きにすればいい。でもその犠牲になるのは、いつも私だ。

私は父に対して、押し殺してきた感情を投げつける。

「私、本当は救急車を呼びたくなかった」

あのとき、結局私は救急車を呼んだ。

救急搬送された祖母は一晩命をつなぎとめたが、駆けつけた父を待っていたかのように目の前で亡くなった。

「早くおばあちゃんが死んでくれれば楽になれると思った。殺そうとしたことだってある。だけど帰ったらもう息をしていなかった。もっと急いで救急車を呼べば間に合ったかもしれなかったのに、ためらった。だから私……」

肝心な部分だけは言葉にできなくて、喉につっかえる。

父はその後「悪かった」と「ありがとう」しか言わなかった。言い訳も、説教もせず、かといって慰める言葉も口にしてはくれなかった。

父は私を救ってはくれない。この人は、ただ善人でいるだけだ。

だから私は自分で気持ちを切り替える。一歩一歩、あの嫌な思い出が充満する家へと続く道を歩きながら、私は私を再構築する。

祖母が死んでからも持ち続けていた毒の小瓶を、道中のゴミ箱に捨てた。

まだ胸に残る殺意をゆっくりと手放していこう。

そして少しずつ、思い出していこう。

かつてのおばあちゃんはどんな人だったのか。私とあの人の間に、どれくらい良い思い出があったのかを。

そのとき初めて、私はこの長い喜劇から解放されるはずだから。

僕が君を殺すまで

初恋は血のにおいがした。

だから大人になってもまだ、怪我をすると決まってあの頃を思い出す。寒さでかじかむ手が赤く染まる今も、そのにおいが古い記憶を刺激していた。

朦朧《もうろう》とする意識の中で、僕が思い出すのは幼い頃に好きだった女の子のことだ。命の危機が迫っているときに生き延びる方法を考えるのではなく、初恋の人を思い出すなんて自分でもどうかしていると思う。けど、これには理由があった。

僕は傷口を押さえたまま目を閉じ、記憶をたどる。

初めて人を好きになった日。

それは僕が初めて殺意を覚えた日だった。

＊＊＊

僕が好きだった女の子——浅野《あさの》陽毬《ひまり》は少しだけ変わった子だった。

初めて出会ったのは、五歳の頃。ひどく暑い夏だった。

母親同士が仲良くなった、という理由で引き合わされた僕たちは、しかしイマイチお互いに対して興味がなかった。

理由は単純明快で、あまりにも好みが違いすぎたからだ。

僕はおとぎ話が好きだったけれど、陽毬は図鑑のほうが好きだった。僕は朝のテレビで流れる占いを熱心に見たけれど、陽毬は興味を示さなかった。僕は屋内のほうが好きだったけれど、陽毬は屋外で過ごすことを好んだ。

とはいえ、陽毬を嫌いになる理由もなかったので親に言われるまま一緒に時間を過ごしていた。

そんな僕らの関係が変わったのは、小学一年生の冬。

きっかけは小学校で飼っていたニワトリだ。

ある日、そのニワトリが何者かに殺害されるという事件が起きた。

平和な小学校では結構な大事件で、すぐに全校集会が開かれ、不審者に注意するよう呼びかけられた。

飼育委員だった僕と陽毬はニワトリのために穴を掘り、丁重に埋葬した。僕は怖くて手が震えたけれど、陽毬はいつもどおり平然としていたことを覚えている。その手には土とニワトリの血がついていて、ひどいにおいがした。

ニワトリを殺した犯人が陽毬だと気づいていた僕は、彼女に尋ねた。

「どうしてニワトリは殺されたんだろう」

「きっとそのほうがいいと思ったんだよ。だって、ただ死んでいくよりも殺されたほうが悲しいでしょ？」

「悲しいほうがいいの？」

「生き物が死んでなにも感じないよりかは、悲しいほうがわかりやすくていいよ」

不思議と陽毬の言葉に納得する自分がいた。

学校でニワトリの存在を意識して過ごしていた人は少なかった。

だけど殺されたことによって、その死を悲しむ生徒が増えた。もし小屋で自然死していただけなら、ここまで注目を集めることはなかっただろう。

ちなみに犯人を突き止めるのは簡単だった。

第一発見者である僕が死体を発見したとき、傷口はまだ生々しく、血も乾ききっていなかった。だから先に小屋の鍵を借りに行った陽毬がやったのだと考えただけだ。

でも、多分あのニワトリはすでに死んでいたんじゃないかと思う。刃物で刺されたわりには、小屋の中が汚れていなかった。

陽毬が見つけた時点で、すでにニワトリの心臓が止まっていたとすれば、刃物で傷つけたところで血は飛び散らない。

だとしても、僕にはできそうもない。命に触れるのは怖いことだから。

「ねえ、透《とおる》はどんなものなら殺せる？」

陽毬は僕の考えていることを見透かしたように言った。

そして、その疑問は僕にとって新鮮なものだった。

　虫を殺しても気にならないのは親がそうしているからで、動物が傷つくと気分が悪くなるのは同級生がそういう顔をしていたからで、人を傷つけてはいけないのは先生からそう教わったから。

　僕は周囲から与えられた価値観を鵜呑《うの》みにしているだけだ。どれも自分で考えたわけじゃない。そんな僕とは違い、陽毬は物事の善《よ》し悪《あ》しを一から自分で判断しているように見えた。

　あの頃の陽毬はとても純粋だった。

　僕はそうじゃない。

　親の教えも、先生のお説教も、変身ヒーローの生き様も、おとぎ話の教訓も、今朝の占いも、様々なものが混ざりあって自分を形成している。多分、大抵の人はそうだから陽毬のほうがおかしい。

　だからこそ、僕には陽毬がとても綺麗なものに見えた。不気味なくらいに。

　それが陽毬に惹かれた最初の理由だったのかもしれない。

　ニワトリの事件が起きて以降、僕はできるだけ陽毬について歩いた。

　行動力のある陽毬についていくのは体力的にも精神的にも大変だったけれど、中でも特に苦労したのは、夏休みの自由研究で蝶《ちょう》の標本を作ったときだった。

僕はとにかく虫が苦手で、あの眼《め》とか脚とかを見ただけで全身がゾワゾワして逃げ出したくなる。

「時間を止めるんだよ」

でも陽毬は平然と蝶の死体を乾かし、その背中をピンで貫くと、丁寧に羽を広げて見事な標本をいくつも作り上げていった。

「生きて死ぬと、身体が朽ちて消えちゃうでしょ。でも、殺すとその瞬間で止めることができる。面白いよね」

僕は標本作りよりも陽毬の言葉を面白いと感じたけれど、共感はできなかった。

だから、標本作りを諦めて、押し花で栞《しおり》を作って夏休みの自由研究をやり過ごした。

「透は怖がりなのに、草花なら殺せるんだね」

僕の作った栞を見て、陽毬は興味深そうにつぶやいた。

僕と陽毬は随分長く一緒に過ごしたけれど、お互いのことはきっと全然わかっていなかったんだと思う。

陽毬は行動力には溢《あふ》れていたけれど病弱だった。

でも一緒にいるときはいつも元気だったから、七歳の頃から一年以上も入院したきりになったときには驚いたことを覚えている。

近い場所にいたはずなのに、陽毬が入院するまで彼女が重い病にかかっているとは気づきもしなかった。

病気について詳しくは知らない。家族ではないから、お医者さんの説明を聞く機会もないし、陽毬本人もあまり正確には把握していないようだったから。

陽毬の病気が治れば一番いい。

だけどその可能性があまり高くないことは、なんとなくわかってしまっていた。

病名や詳しい病状を知らなくても、陽毬の家族や看護師さんの雰囲気から退院する日はまだまだ遠いのだと察してしまう。

他人でしかない僕にできることは、病室から出られない陽毬のためにたくさんの話をして退屈をまぎらわせることだけだった。

クラスメイトとの雑談で知ったことや、学校での出来事、日常の中で見つけた面白い話。時には作り話を織り交ぜて、陽毬を楽しませようとした。外国から来た先生のこと、逆さまの虹を見たこと、昔しゃべる羊に助けてもらった話など。

学校が終わったら陽毬の病室に立ち寄ってから帰宅する。休みの日も一度は必ず陽毬に会いに行く。それを大変だと思うことはなかったし、ごく自然に続けていた。

陽毬がどこにいても、生きているかぎりは話ができる。

だから別に寂しくも、悲しくもなかった。

あるとき、見舞いに行ったら陽毬の病室はひどく慌ただしくなっていたことがあった。看護師さんに止められたけど、僕は吸い寄せられるように室内の様子をうかがってしまう。

そこにはお医者さんや看護師さんの他に陽毬の両親がいた。

みんなの視線の先にはベッドに横たわった陽毬の姿があった。意識はないようで、声をかけている両親にも反応していない。まぶたはきつく閉じられ、眉間にはシワが寄り、ひどく汗をかいている。

陽毬の表情は苦しげに歪《ゆが》んでいた。

僕はその光景を見て、初めて気がついた。

あんなに苦しそうなのに。

それでも僕は陽毬に生きていてほしいと望めるのだろうか。

ふとニワトリのことを思い出す。あのとき、陽毬がニワトリにしたことを。ただ死ぬよりも、殺されたほうが良いと語った陽毬のことを。

そのおかげで、僕ができることを新しく見つけてしまった。

あんな風に苦しみ続ける陽毬を治すことはできないけれど、きっと殺すことだけはできてしまう。

あまりにも間違った考え方だ。でも、その思いつきは魅力的だった。

これが殺意なのか。

あるいは恋なのか。

僕は陽毬によって初めて恋心を自覚し、同時に殺意を感じている。

その二つは意外と近いところにあるのかもしれない、と幼い僕は感じていた。


「殺人アプリって知ってる？」

僕の言葉に、陽毬はゆっくりと一度まばたきをした。瞳はまっすぐとこちらに向けられていて少し怖い。血管の色が透けてしまいそうなほど肌が白いせいで、陽毬の瞳はとても黒く見えた。

「知らない。そういうのがあるの？」

「流行ってるんだって、クラスで噂になってた。別の機能を売りにしているアプリなんだけど、秘密の裏技を使うとどんな願いも叶えてくれるらしいよ」

「どんな願いでも叶えてくれるのに、殺人アプリって呼ばれてるのはどうして？」

「願えば人も殺せるって噂だから。ただ願いが叶うっていうよりもそっちのほうが印象に残るでしょ？　だから殺人アプリって呼ばれてるんだってさ」

「面白いね。本当はなんていう名前のアプリなの？　透は使ったことある？」

「名前は、えっと、はぐれた羊とかなんとか……ごめん、ちゃんと覚えてない。まだアプリを使える端末とか持たせてもらえないし、使えないから」

「残念だね。ねぇ、もしそのアプリが使えたら透は誰を殺すの？」

陽毬は笑わない。大人に対して愛想笑いのようなものを浮かべるのを見たことはあるけれど、基本的にはいつも不思議そうな顔をしている。

「僕は、陽毬を殺したい」

決意表明のつもりで、目の前にいる陽毬に対して告げる。

そのとき、陽毬がどんな顔をしたのかはもう思い出せない。

でも、声だけは大人になった今でもはっきりと覚えている。

「そうなんだ。じゃあ待ってる」

陽毬は僕の殺意に対して、たった一言そう答えた。まるで歓迎でもするみたいに。

陽毬を殺したいという気持ちはウソじゃないけど、あんまり簡単に受け入れられても困惑してしまう。

「陽毬は死ぬのが怖くないの？」

「私がどう感じるかは関係ないよ、死んだらなにも感じないだろうし。あとは周りの人が納得してくれればいいかな。だって死んじゃう私はそこで終わりだけど、透はこれからも生きていかないといけないでしょ？　そっちのほうが大変そう」

陽毬はあっさりと自分の死を処理していた。

「でも心配だね。透は怖がりだから、ちゃんと私を殺せるのかな」

これが陽毬との最後の会話になった。

陽毬はそれからすぐにまた昏睡《こんすい》状態に陥り、これまでのように話ができなくなった。

さらに今度は僕のほうが陽毬のそばにいられなくなった。

別に珍しい話じゃない。両親の離婚と、それに伴う引っ越しだ。

母は実家に戻り、父は他の地方へと転勤する。

僕は両親に反発したけど、当然ながら離婚も引っ越しも覆らなかった。

両親はどちらも、僕が陽毬の病室に通い続けることを良く思っていなかったらしい。

あまり深入りしすぎないように、と何度も諌《いさ》められた。

わかってる。どれだけ病室に通おうと、どれだけ陽毬のことを考えていようと、僕は他人だ。陽毬のなにかを左右できるわけでもない。

そんな当たり前のことを不満に思い、僕はふてくされていた。

当時小学生の僕にできることなんて、誰にでも想像できる内容だけだ。

引っ越しをする直前まで、目を覚ますのかどうかもわからない女の子の病室に通い続ける。家族ではなく、ただ彼女のことが好きな他人として。彼女が死んでしまったら涙を流して、葬式には心を込めて綴《つづ》った手紙でも一緒に焼いてもらえばいい。

そうしてそれらすべてを人生の糧として成長していく。

難病に苦しむ少女との物語ではよくある、美しい結末だ。

僕にはそれ以上なにもできない。でも、そのことを陽毬は許してくれる。無力であるというのは、誰かに笑われることはあっても責められることではないからだ。

わかっていた。なにもかも頭ではわかっていた。

それでも当時の僕はどうしても、その現実を受け入れることができなかった。

だったら、できることは一つだけだ。

死にそうな生き物に対してできる唯一のことを、僕は陽毬から教わった。

何日も眠れない夜を過ごした。

どれだけ考えても納得のいく答えが出せない。なにをしても後悔しそうな気がして身動きが取れなかった。

でも時間は止まってくれない。

引っ越しを翌日に控えたその日、僕はようやく決心した。

エゴだと言われようと、僕は陽毬の死を自分のものにしたい。そして、そのことを永遠に覚えていたい。

病気で死んでしまった女の子はきっと僕の心に残るだろう。彼女を好きだという感情も、今はまだ身体に焼き付いている。

でもそれは永遠じゃない。いずれ思い出として色あせていく。

様々なことを乗り越えて夫婦となった両親でさえ愛情が薄れて離婚するのだから、好きという感情はとても弱いに違いない。このままだと僕はきっと陽毬を忘れてしまう。

だけど、自分が身勝手に殺した女の子ならどうだろう。

そのことはきっと、なにがあっても忘れることができないはずだ。

僕はいつまでも陽毬を好きなままでいたかった。


病院に飛び込み、階段を駆け上がる。

家族ではない僕は陽毬に対してなにをする権利もない。

お医者さんから病状の説明を受けることも、治療費を支払うことも、ずっと隣にいることも、なに一つできない。

悲劇だ不幸だと嘆きながら、いつか陽毬が死ぬその瞬間を待つしかない。涙を流して、悲しむことしか許されていない部外者だ。

でも、それを変えることができる。この手で。

個室の中は静かだ。ベッドの上に横たわる陽毬からは無数の管が伸びており、口にもそれは取り付けられていた。薬の副作用のせいか顔はむくんでしまっている。まぶたは閉じられたままで、開く気配はない。

人工呼吸器の音が規則的に響く。それよりも早い周期で自分の心臓が動き続けていた。

自分の家から持ってきたハサミを握りしめて、一歩ずつベッドへ近づく。

そのたびにハサミが重くなるような気がして、汗のにじむ両手で何度も握り直した。

靴を脱いでベッドに上がると、陽毬の胸に刃先をぴったりとくっつける。それからハサミを頭上まで振り上げた。あとは力いっぱい振り下ろすだけだ。

でも、本当にこれでいいのか？

もしかしたら奇跡が起こるかもしれないじゃないか。

今この瞬間にでも陽毬は目を覚ますかもしれない。そして病気はみるみる完治し、また一緒に出かけられるようになるかもしれない。あるいは、会話ができるくらいには回復するかもしれない。

僕は陽毬の病状を知らない。治療方針も教えてもらっていない。治る見込みがどの程度あるのかも把握していない。それなら、もしかしたら――。

どれだけ時間が経《た》っても、心臓は落ち着かない。乱れた呼吸も収まらない。

今を逃せばチャンスは永遠になくなるだろう。

自分の知らないところで陽毬は死ぬ。そして大人になっていく自分はそれをあっさりと忘れてしまう。それが怖い。

でも、本当に奇跡は起こらないのか。

陽毬を殺したいと望みながら、同時に死なないでほしいと願った。

食いしばった歯の間から抑えきれない嗚咽が漏れる。

頭に血がのぼっていくのが感覚でわかる。視界が黒く濁っていく。

そして僕は決断した。

＊＊＊

僕の初恋と殺意はこうして終わった。

それから予定通り両親は離婚し、僕はあの町を逃げるように去った。それからは父の転勤に伴って色んな場所を転々としながら歳を重ねた。

その間、僕がずっと陽毬を覚えていたといえばウソになる。大抵は目の前のことに精一杯で、昔を懐かしむ余裕はなかった。

そんな風にしているうちに僕は二十歳になった。

あの頃は持っていなかったスマートフォンを自由に使えるし、人を殺すことができるという噂のあるアプリもインストールしている。

占いアプリ『孤独な羊』には、黒い羊を捕まえることができれば願いをなんでも叶えてもらえるという噂があった。人を殺すことさえもできるらしい。

だけど、今の僕には必要のないものだ。

あれからもう、誰かを殺したいと思ったことはない。

そんな僕が事故に遭ったのは、同窓会へ向かう道中のことだ。陽毬と過ごした懐かしいこの町に、おめおめと戻ってきた天罰が下ったのかもしれない。

乗っていたタクシーが事故を起こし、怪我をした僕の意識は今もこうして朦朧としている。痛みが全身に広がって、感覚が希薄になってきた。

助けを呼ばないといけない。

力を振り絞ってどうにか携帯電話を手にするけれど、震える手ではうまく操作できない。力の抜けた指先から、携帯電話が落ちる。これでは助けを呼ぶことも、アプリを使うこともできない。

どうせ死ぬのなら、陽毬に殺されたかった。

僕が初めて殺意を抱いた相手になら、殺されても納得できる。公平だ。

そんな空想に浸ったまま目を閉じる。

もう、痛みは感じなかった。

舞台の幕を下ろすとき

好きです、とぼくは言った。

そんなことを人に言うのは生まれて初めてのことだった。

しかし、告白というのはいったいなんなのか。自分でやっていて疑問が浮かび、自信がなくなってくる。

罪の告白ならば、これからそれを償うという意思表明だ。

でも愛の告白はいったいどういう意図を伝える行為なのか。もしかすると、甚だしく独りよがりな行為なのではないか。客観視すると羞恥心で死んでしまいそうだ。

「ありがとう」

高橋《たかはし》ゆり先輩はゆっくりとお礼を言ってくれた。

そして沈黙が降りてくる。一秒、二秒、三秒。

その間にぼくは考える。

今はまだ好意を伝えただけだ。この後、なにを言うべきかはわかっている。あとは踏み切るだけだ。

でも同時に、これ以上はやめておけ、という警鐘が頭の中でガンガンと鳴っていた。

お前みたいな冴《さ》えないやつが、この見目麗しい先輩とどうにかなれるわけがない。

その警告は、非の打ち所がないくらい完璧で正しいものだった。

「ぼくと付き合ってください」

しかし、そのときのぼくはまったく正常な判断力を失っていた。だから臆病な自分の警告に納得しながらも、すでに口が動いていた。

「うん、いいよ」

ぼくの言葉に高橋先輩がうなずく。一瞬でなにも考えられなくなった。

「それじゃあこれから、よろしくお願いします」

高橋先輩はうやうやしくお辞儀をしてくれたので「こちらこそ、よろしくお願いします」とぼくも慌てて頭を下げる。

すると先輩が微笑んだから、ぼくもつられて笑ってしまう。

もしもぼくの人生が演劇で、ぼく自身がその監督だったとすれば、ここで舞台の幕を下ろす。見事な幕切れに観客は万雷の拍手で祝福してくれるだろう。

だけど、ぼくの人生は芝居ではなく、監督もぼくじゃない。

ここで終わればハッピーエンドだった。

そんな場面をいくつも逃して、ぼくの人生は続いていく。

大抵の物語は艱難辛苦《かんなんしんく》を乗り越えて、男女が結ばれたところで終わる。

だけど、本当に大変なのはそこからだ。

もちろん、それまで一度も恋人ができたことのないぼくがそんな現実を知ってるはずなかったんだけど。

高橋ゆり、という女性についてぼくが持ちうるかぎりの言葉で語ろう。

同じ演劇部に所属する一学年上の先輩で、主に舞台美術を担当している。

くっきりとした目鼻立ち、すらりと長い手足、女子の平均よりも高い身長で、よほど舞台映えする容姿だけど、声が小さいため舞台に立つことはあまりない。端役の頭数が足りないときに、セリフのない役を受け持つくらいだ。

なにがきっかけで人を好きになったのかなんて、後から思い出すのは難しい。初めて恋に対して「落ちる」という表現をしたのが誰かは知らないけれど、うまい表現だと思う。落ちてしまった後に、原因や理由なんてわかるはずがない。

強いて言えば、横顔が好きだった。衣装を作るときの凛《りん》とした横顔が、とにかく好きだ。今でも見惚《みほ》れてしまうくらいに。

決死の告白が奇跡的な成功を収めた、あの十月。

その日からぼくたちは周りには内緒で付き合っていた。

隠していたことに、特別な理由はない。わざわざ言いふらすようなことでもないとお互いに考えたからだ。

そうして三ヶ月が経った頃。

隠していても、ぼくとゆり先輩の関係が少しずつ周囲にバレてきていた。同じ部活なのだから避けられない部分はあるので、これはもう仕方ない。

でもそうすると、迷惑なことを言ってくるやつも現れる。

「なぁ、クリスマスデート行った？　ゆり、イルミネーション好きだろ」

特に最近、馴《な》れ馴《な》れしく話しかけてくるのが財部《たからべ》先輩だった。ぼくにとっては演劇部の先輩で、ゆり先輩とは同級生だ。

「そうそう、初詣は着物で来ただろ。赤いやつ。しかしいいよな、着物って。普通の服よりも脱がすときに興奮する」

財部先輩は、以前ゆり先輩と交際していたらしい。わかりやすく言うと元カレだ。

そのせいなのかなんなのか、ゆり先輩と付き合っていた頃の話をぼくに向かって頻繁にしてくる。

こういう話をされるのが、ぼくは本当に嫌だ。おばけよりも、注射よりも、ゴキブリよりも、嫌いだ。

「あいつ、意外と着痩せするタイプだよな。脱がしたときにびっくりしたもん」

そして話の八割が下品な内容なのがよりきつい。うんざりする。

財部先輩はいつもこの調子だ。元々馴れ馴れしい人ではあったけれど、ぼくがゆり先輩と付き合っていると知ってからは一層親しげに話しかけてくる。

はっきり言って、迷惑だ。黙っていてほしいけど、先輩に対してあまり無礼なことは言えない。

財部先輩の話を遮るのも、終わったことを気にしているみたいでかっこ悪い。だからぼくは苦笑いで、どうにか聞き流すことしかできなかった。

でも本当に気分が悪い。

なんらかの事情で財部先輩が転校するとか、大怪我で入院してくれないかとか、そういう不謹慎なことを願うくらいにはこの人のことが嫌いになった。

もしもぼくの動揺を誘うためにやっているのだとすれば、財部先輩の策略は大成功だ。嫉妬心と嫌悪感を顔に出さないだけでも、自分の演技力を褒めてやりたい。

「ああ、惜しいことしたかもな。まぁ、今はオレも新しい彼女がいるから全然いいんだけど」

財部先輩の言葉を気にしないためにも、ぼくは空想に逃げる。

もしもタイムマシンがあったらなぁ。

それで過去に戻れるなら、ぼくは誰よりも先にゆり先輩に会いに行こう。そして、できるだけかっこよく言うのだ。財部先輩と付き合うのだけはやめてくれと。

こんな情けないお願いを、どうやって口にすればかっこよくなるのかはわからないけれど。

「なにか悩み事？」

帰り道、ゆり先輩がぼくの顔を覗《のぞ》き込んでくる。かわいい。

「最近、元気ないよね」

どうやら心配をかけてしまっているみたいだ。そんなに感情を表に出しているつもりはなかったのに、この人は鋭いな。そんなところも好きだ。

でも、もしかするとこんな幸せも財部先輩は体験しているのかもしれない。

ゆり先輩と過ごす大事な時間に、そんな嫌な考えが侵入してくる。あの人の自慢話はトゲのように食い込んでいて、いつまでも抜けない。

財部先輩には言わなかったけれど、ぼくはクリスマスもお正月もゆり先輩と一緒に過ごせていない。

クリスマスのときは、急死した恩師の葬儀に行くと言っていた。そして年末年始は家族で帰省してしまって、初詣には行けなかった。

理由を教えてくれたから全然気にしていなかったけれど、でも財部先輩の話を聞いた後だとモヤモヤする。

財部先輩とはどちらもデートしたというのだから、もしかしたら口実を作って避けられているのだろうか。そんな風に考えてしまう自分が嫌だ。

考えすぎだというのはわかっている。

財部先輩への対応をゆり先輩に相談しようかとも思った。でも元カレのことを気にする、情けないやつだと思われたくない。

「大丈夫です。少し、テストの点が悪かっただけで」

「あ、じゃあ勉強会でもしようか」

そういえば財部先輩も、ゆり先輩と勉強会をしたと言っていたな。丈の短い部屋着がエロかったと。

思い出すだけで不快なことを、わざわざ思い出してしまった。自己嫌悪。

ぼくだって子どもじゃない。ゆり先輩のような見た目も性格も綺麗な人が、今まで他の男と交際したことがないと考えるほど、バカじゃないつもりだ。

高校生にもなれば、これまでに何人か好きな人がいただろうし、好きになってくる人も多くいただろう。ぼくとは違って華やかな人なんだから当然だ。

でも、その過去をわざわざ知りたいとは思わない。自分の知らない彼女の姿を、他人に教えてほしいとも思わない。

そんなものは無視すればいいじゃないか、という意見が正しいことはわかる。わかるけれど、実行はできない。

好きで好きでたまらないからこそ、その人の過去まで独り占めしたいと思ってしまう。

それができないなら、せめて知らないままでいたい。これはそんなに情けない考え方なのだろうか。

どこに訴えればいいのかわからない気持ちをぼくはどうにか抑え込む。

「大丈夫です。自分で解決しますから」

というか、自分にしか解決できない。

「そう？　ならいいけど。困ったらいつでも言ってね。こう見えて、成績はいいから」

気遣ってくれるゆり先輩が愛おしければ愛おしいほど、ぼくと彼女以外の人類が歴史から消えてなくなればいいなと願わずにはいられない。そうすれば、彼女のすべてを独り占めできるような気がする。さっさとくたばれ、人類。

自分がこんなに情けないというのは、ゆり先輩を好きになるまで知らなかったし、あまり知りたくなかった。

「で、ゆりとはどこまでいった？　部屋にはもう踏み込んだか？」

翌日も財部先輩は平常運転だった。たまには病欠してくれればいいのに。

こんな人でも他の人がいるところでは決してこういう下卑た話をしない。代わりにぼくを見つけると、人気のない場所に肩を組んで連れ出す。

「いえ、ぼくはまだそんな……」

「おいおい、積極性に欠けるなぁ。青春は短いんだぞ。プラトニックラブなんてヘタレの言い訳だ。男なら攻めていけ。な？」

それにしても財部先輩の目的はなんなんだろう。なぜ毎日のようにこんな話を繰り返してくるのか、さっぱりわからない。

不甲斐《ふがい》ない後輩に対する親切のつもりなのか。だったら最悪だ。神経を疑う。それとも自慢なのか。お前の恋人のことを俺は誰よりもよく知っているぞ、という自慢。だとすれば、もっと最悪だ。吐き気がする。

この人の口を塞ぐためのテープか、濡らした布か、あるいは——。

「煮え切らないやつだな。ゆりはなんでお前なんかと付き合ってるんだろ」

冗談のような軽い調子で、財部先輩は言った。

「元カノに未練はないけど少し興味はあるよな。ゆりがオレとお前を比べたらどっちを選ぶのか。試してやろうか？　あいつが浮気しないかどうか」

息が詰まる。それが嫌悪感によるものなのか、恐怖によるものなのか、とっさには判断ができない。

「冗談だよ。オレも今は新しい彼女いるし、浮気を疑われると面倒だ」

ぼくの顔に浮かんだ感情を噛みしめるように、財部先輩は笑う。

これは嘲笑だと、はっきりとわかった。

「ま、でもやっぱり恋愛の醍醐味《だいごみ》は、相手を自分色に染め上げることだよな。なにも知らない女の子を、自分好みに育てるっていうの？　こう、新雪に足跡をつける感じがたまらん。そう思うだろ？　ああ、お前は違うよな」

今ようやくわかった。財部先輩は、他人を一人の人間として尊重していない。だから、すべての言葉が不快なんだ。

「ま、オレはオレで楽しくやるから。お前はせいぜいオレのお下がりと仲良くな」

その言葉をきっかけに、なにかが決定的に変わった気がした。

殺そう。

怒りで思考が冷えていく。

他人をこんな風に傷つける人間なら、殺してもいい。

大げさな表現は使わない。ただ、殺そうと決めた。

殺害計画を立てるのはそんなに難しいことじゃなかった。普段、別のことに使っている時間をすべて殺人計画に費やせばいいだけだ。

浮かんだ考えをノートに書いて計画をまとめていく。

殺害方法については、できるだけひどい方法を選ぶつもりだ。財部先輩には、ぜひ苦しんで死んでほしい。

最初はとあるアプリを使うつもりだった。

占いアプリ『孤独な羊』には、人を殺してくれるという噂がある。

噂にはいくつか種類があって、殺人の手段を用意してくれるとか、願うだけで人が死ぬとか、殺人以外でも願いを叶えてくれるとか、内容は微妙に異なる。共通しているのは、黒い羊を捕まえる必要があるという点だけだ。

どうせ眠れないから、深夜にアプリを起動して数日間探してみたが、黒い羊を見つけることができなかった。

というか、画面をにらんでいる時間がもったいなくなって、早々に諦めた。

不確定なアプリの噂に頼るよりかは、他の手段を探ったほうがいい。

で、爆弾を作ることにした。

爆弾というとどこか非現実的な響きだが、案外身近なものだ。誰だってすぐそばに爆発するものを持っている。

それがリチウムイオンバッテリーだ。本来なら危険なものではないが、粗悪品や取り扱いがまずいと爆発する。

今の時代、どこにでもあるし誰でも一つくらいは持ち歩いているものだ。

リチウムイオンバッテリーによる爆発事故は国内外問わず度々起きている。

学校内で起こったとしても不自然ではない。事故に見せかけて殺せるということだ。

材料として粗悪品のバッテリーを集めることにした。

粗悪品だけあって値段も安く、簡単に手に入る。適当なフリーマーケットアプリで、どこで作られたかもわからない中古のモバイルバッテリーをいくつか手に入れた。

念のため、人気のない河川敷で試してみる。ここなら万が一、想定以上の爆発や発火が起きても川が近い。

とりあえずパンパンに膨らんだモバイルバッテリーを踏みつけてみた。巻き込まれると危ないのですぐさま離れる。

しばらくするとバッテリーは白い煙と悪臭を放ち、強烈な炎を上げて燃えた。ぼくは慌てて川に蹴り込んでこれ以上の火災を防ぐ。

想像していたよりも恐ろしい光景だった。

鼻に残る悪臭と、目に残る炎の残滓《ざんし》が、ぼくの中にためらいを生む。けれど同時に、仄暗《ほのぐら》い手応えもあった。

鎮火したバッテリーを浅い川底から拾い上げながら、ぼくは考える。

手段は確保できた。今のぼくには選択肢がある。

つまり、殺すか殺さないかを選ぶことができるわけだ。

財部先輩が憎いのは当然だが、それで本当に殺す必要があるのかどうか。

他の方法でこの状況を解決することはできないのか。

すぐ暴力に頼るなんて、短絡的だ。どうかしている。

だけど、他にどうやって？

言葉を尽くして話し合えば、財部先輩が考えを変えてくれるだろうか。もうやめてほしいと懇願すれば、ぼくに構うのをやめてくれるだろうか。

そんなこと、あるはずがない。

人の考えなんて他者には変えようがないものだ。だから、それなりに折り合いをつけてやっていく。他人を思い通りにしようなんて傲慢だ。

だけど、どうしても許せないときにはどうすればいいのか。

その答えは、やっぱり一つしか思い浮かばなかった。


計画はできるだけシンプルな内容にした。

事故に見せかけるなら、凝った仕掛けは避けなくてはならない。仕掛けを増やせば増やすほど、犯行が露呈する可能性が高くなる。

というわけで、危険なモバイルバッテリーを薄いお菓子の箱に詰め込んだ。

これを部室に仕掛ける。財部先輩の席には座布団がのっているので、その下に隠せばわからないだろう。

財部先輩が椅子に座った瞬間、爆発する。実にシンプルな仕掛けだ。

ノートを何度か読み返して検討してみたが、これより迅速で手軽な殺害方法は思い浮かばなかった。

財部先輩が燃えて死ぬ。そんな光景を想像するだけで、胸がすく思いだった。

計画から準備、そして決行までは一週間とかかっていない。一番時間がかかったのは、犯行に適した日を選ぶことだったかもしれない。

決行当日、ぼくは意外なくらい落ち着いていた。他の人がケガをするようなことだけはしないでおこう、と考えるくらいの良心がある。

舞台のリハーサルで部員が体育館に移動したタイミングで財部先輩に声をかけた。

用件はシンプルに「ゆり先輩のことで相談がある」ということにした。

どうやら、財部先輩はぼくに対して勝ち誇るのが好きなようだ。だから、みんなにバレないよう部室で話を聞いてほしい、と伝えればあの人は必ず来る。

爆弾はすでにセット済みだ。

ぼくは演劇部の部室を見下ろすことができる、本校舎の男子トイレにいた。放課後なら校舎の男子トイレの利用者は少ない。一人で結果を見届けるには最適の場所だ。

すぐに財部先輩が部室に入るのが見えた。ついにそのときが来たんだ。

僕は燃える部室を想像して、その瞬間を待つ。変な汗がにじんできた。でもこれは期待からだ。多分、きっと。

爆発の瞬間を今か今かと待ち望み、そしてそのまま一分が経った。

……おかしい。

財部先輩はもう爆弾の上に座ったはずだ。なのに、なにも起こらない。

爆発しなかったのか？　衝撃が足りなかった？

それとも爆弾の存在に気づかれてしまったのか――？

「あ、ここにいたんだ」

背後から聞こえるはずのない朗らかな声がして、ぼくは驚いて振り返る。

そこにはゆり先輩がいて、男子トイレに迷うことなく踏み込んできていた。それにも驚かされたが、このさいどうでもいい。

もっとも大切なこと、それはゆり先輩が持っているものだ。見覚えのあるお菓子の箱はぼくが今日持参してきたものと同じように見える。

つまり、ゆり先輩は両手でぼくの作った爆弾を持っていた。

落とすとか、踏みつけるとか、強い衝撃を加えない限りは大丈夫だとは思うけど、驚いたし心配にもなる。

頭が混乱して、なにを言えばいいかわからない。

考えがまとまらず、めまいがする。猛烈に逃げ出したかった。

「そうだよね、びっくりするよね。ごめんなさい、実は君のノート見ちゃったの。最近なにか、私のこと以外で悩んでるみたいだったから気になっちゃって」

それでぼくが爆弾を仕掛けたのを知って、こっそり回収したということなのだろう。やっと理解できた。それでいくら待っても爆発しなかったのか。

「どうして殺させてくれなかったんですか」

思わず口にしていたのは、自分でも笑っちゃいそうなくらい情けない一言だった。

「だって、君に人を殺してほしくなかったから。逮捕されちゃったら大変だよ」

「それは……そうですよね」

当たり前のことを当たり前のように言われ、なんだか力が抜けてしまう。

「ねぇ、どうしてこんなことしようと思ったの？　財部くんと仲悪かったっけ？」

事情を明かすのはとても恥ずかしいことだ。だけどこうなった以上、隠し続けるわけにもいかないだろう。

心配いらない。どんなことも伝え方次第だ。

事実無根の話でも自信満々に語れば妙な説得力が生まれるし、本当のことを言ってもぎこちない話し方では信じてもらえない。

だからどんなに情けない内容の話でも、理路整然と伝えればいいはずだ。

「財部先輩が、その、昔ゆり先輩と付き合っていたときの話を、あの、毎日のようにしてきて、それが嫌で、本当に嫌で……それで、なんというか……」

けれど、ぼくが話すとまるで小学生が教師に告げ口をするような、そういう不格好な話し方になってしまう。

本当はもっと自分を正当化したいし、財部先輩の悪口も山のように言いたい。

だけど、感情が波打ってどうにもうまく説明することができなかった。

「ごめんなさい。それは嫌だったよね」

なぜ、ゆり先輩が謝るのか。

どうせなら怒ってくれればよかったんだ。ぼくの弱い部分を詰《なじ》って、批難してくれればよかった。

好きな相手の過去の恋愛を受け入れられないなんて器が小さい。そもそも、過去の恋愛があったから今の自分がある。未経験にこだわるなんて幼稚で気持ち悪い。

そんな風に、どこにでも転がっている正論でぼくを殴り殺してくれればよかった。

それでぼくは、多分納得できたんだ。

「もっと早く気づいてあげられたら良かったね」

「いえ、ぼくが情けないだけなんで……」

「そんなことないよ。私だって君の元カノとか出てきたら嫉妬するだろうし。なんなら友達とかでもモヤモヤするよ。私とまだ出会ってない頃の話を得意げにされたら、その子の首絞めちゃうかも」

クールな印象のゆり先輩にしては珍しい言葉だ。

「私は君が想像しているよりも独占欲が強いし、君のことが好きだよ。一緒にいると、すごく私のことを考えてくれてるんだろうなぁ、ってわかって嬉しくなるから。だからどうせ悩むなら私のことでもっと悩んでほしいな」

それは他のどんな正論よりも響く、殺し文句だった。

目の覚めるような言葉だ。

こんなときだけど、ゆり先輩の新しい一面を知った気がする。

「ちなみに、財部くんにはどんな話されたの？」

「それは、えっと」

あの人の話は下世話な内容がほとんどだったから、面と向かって伝えるのはためらわれるものばかりだ。なので多少ぼかして伝えることにした。

「一緒にクリスマスイルミネーションを見に行った話とか、ですね」

「え、行ってないよ」

「は、はい？」

「財部くんに告白されて付き合ってたのは本当だけど、一ヶ月も保《も》たなかったんじゃないかな。それに告白されたのって、たしか秋だったし」

財部先輩から聞いてた話とは全然違う。

「じゃあ着物で初詣は？」

「行ってないし、着てないよ。毎年、家族で帰省してるもん。着付けもできないし」

「部屋で勉強会は？」

「ないない。やるとしても図書室とかだよ。そんな簡単に自分の部屋に人を入れたりしないって」

身体から力が抜けていく。

じゃあ財部先輩の話はほとんどが見栄《みえ》だったのか。なんだそれ。

「あ、でも証明できないね。困った」

「ぼくはゆり先輩の言葉を信じますよ」

「そう？　ならよかった」

当たり前だ。というか、最初からそうしていればよかったんじゃないか。爆弾なんかを頑張って作るんじゃなくて、ゆり先輩に直接確認すればよかった。

いや、でもそれで「そんなこともあったね。楽しかった」とか言われた日には卒倒していただろう。

比較されたとき、財部先輩に勝つ自信がなかったから確認することができなかった。ようするに、ぼくは臆病なのだろう。だから爆弾を作るしかなかったんだ。

「そうだ、次は私が質問していい？　爆弾って、本当に作っちゃったの？　これ」

「一応そのつもりです。あ、刺激を加えると危ないので」

そういえば忘れかけていたけれど、ゆり先輩は爆弾を持ったままだ。慌てて、その手からお菓子の箱を受け取る。

「でもすごいね。爆弾って作れるんだ」

「引いてませんか？」

「どうかな。怖いなって感じる部分もあるけど、でも好きな人がそこまで思いつめていることに気づけなかったのは良くないなぁ、って反省する気持ちのほうが強いよ」

結果的に、ぼくは財部先輩のウソに騙《だま》されて、事を荒立ててしまった。

財部先輩がどうしてあんなウソをついたのか。もしかすると、まだゆり先輩に未練があるのかもしれない。そう考えると納得がいく。

だとしても、最初から気にすることはなかったのだろう。

もう誰かの言葉に惑わされるのはやめよう。

自分の知らないゆり先輩の過去を聞くと、たとえそれがウソだったとしてもモヤモヤするし、嫉妬もしてしまう。本当のことだとすればなおさらだ。

だけど今、こんなぼくを好きだと言ってくれる人をないがしろにしては意味がない。

ぼくは自分の目と耳と心で、直接彼女のことを知っていこう。

「ゆり先輩のこと、もっと教えてください」

「うん、私も君のことをもっと知りたい」

ぼくらの恋愛関係がいつまで続くかはわからない。

だけど今だけは、この恋がいつまでも続くことを信じていたかった。

浮気は死刑

おはよう。

うん、わかってる。この前の返事だよね。でもその前に聞いてほしいの。

そう、あたしの元カレの話。前にちょっとだけ話したことあったでしょ。で、肝心の別れた原因なんだけど……あいつ、浮気してたの。最悪じゃない？

あたし、高校まで女子校だったから、大学デビューだって意気込んで、それで見事初めての彼氏をゲットしたわけよ。

あいつ中身はクズだったけど、見た目は爽やかだったし、明るく話しかけてくれたし、金髪似合ってたし、細マッチョだったし。あたしみたいな恋愛初心者としては、抗いようのない魅力があったんだよね。

だからあたしなりに結構あれこれ尽くしたわけ。

彼が一人暮らししている部屋を掃除したり、料理を作ったり、あとは講義のノートを取ってあげたりさ。

なのに浮気するとか、どうなってんの？　思い出したらまた腹立ってきた。

でもそのときのあたしはそれなりに落ち込んだの。あたしのどこが悪かったんだろうとか、しおらしく考えちゃったりしてさ。

それで熱が出るくらいまで悩んで、結局寝込んじゃった。先月休んでたのはそのせいなんだけどね。そうそう、あのときはノートありがとう。本当に助かっちゃった。

友達に電話で相談したら落ち込みすぎだって言われたけどさ、あたしとしてはなかなか切り替えられなかったよ。初彼氏に浮気されて、初めてフラれたわけだし。

うん、フラれたの。失礼なやつでしょ？

偶然駅前でさ、小柄な、あからさまに男好きのするタレ目の女とあいつが一緒に歩いてたのを見かけたからさ、後で問い詰めたの。

そしたらあっさり浮気を認めて、しかも向こうから「他に好きな人ができたから別れてくれ」なんて言ってきてさ。ムカつくよね。それだと、あたしがフラれたことになるじゃない？　せめてこっちが袖にする側でないとおかしくない？

でも、あたしも可愛げがなかったかなとか。料理もそんなにうまくなかったかなとか。反省したり、腹が立ったり、そういうのを高熱の中でぐるぐる考えてた。

で、あるときふと気づいたわけ。

どうしてあたしが、あんなやつのためにここまで悩まないといけないのかってね。それが一番おかしいでしょ。気づいたとき、布団から飛び起きちゃった。

あたしがやるべきことは反省会じゃない。あんなやつのために自分を責める必要なんてないに決まってるって思ったの。

で、夜中にカップ麺をすすりながら、どう復讐《ふくしゅう》してやろうか考えてた。

うん、たしかにまだ熱があったけど、でもかろうじて動き回れたから。

それで復讐の方法を考えてるうちに、元カレのことがどんどん許せなくなってね、それはもう殺意になってたの。いや、本当に。これは大げさじゃなくてね。で、アプリを使ったわけ。

あ、占いアプリの噂については知ってる？　あの『孤独な羊』のやつ。そうそう、人を殺せるとかなんとか。知ってるなら話が早いね。

ウソ、使ったことあるの？　銃？　なにその話、すごく興味ある。あ、そっか。今は私の話が先だよね。うん、わかった。

使ったことあるなら知ってるだろうけど、あのアプリってカラフルな羊がいっぱい出てくるじゃん？　羊の色によって占ってくれる内容が若干変わるけどさ、占いよりも羊たちが画面の中でわちゃわちゃしてる姿に癒されるっていうかさ。あれが可愛くていいよね。ついつい集めたくなっちゃう。だから普段から使ってたんだけど、黒い羊っていうのは一回も見たことなかった。

でも他にやることもないから夜の間、アプリをつけっぱなしにして探したら無事に見つかってね。

で、噂通り願いを叶えてくれるみたいだから「爆弾が欲しい」って、書いて送ったの。そしたらようやくちょっとだけ眠れる気がしたんだよね。

それからしっかり水分をとって、ちゃんと寝ることにしたわけ。

目が覚めたときにすっきりしてたら復讐なんてやめてたかも。実際は朝になっても気分は夜中と変わらず最悪だったんだけど。寝た気がしないっていうかさ。

そんなとき、早速アプリから通知が来て、本当に凶器が手に入ったの。駅のコインロッカーに入ってたんだけど、すごいよね、どういう仕組みなんだろう。え？　そうだよ、爆弾。これくらいのお菓子の箱みたいなやつでね。本当だって。

爆弾が欲しかったのは、とにかく派手に復讐したかったから。ほら、刃物とかだと刺すの大変そうじゃん。血がついたら嫌だし。銃とかだと当てられる自信ないしさ。

その点、爆弾はいいよ。本人じゃなくて、あいつの部屋をドカンとやってもいいわけだし、応用が利くよね。

もちろん、発想が怖いのは自分でもわかってるよ。でも、あのときはそれくらい頭にきてたって話。

善は急げって言うし、あたしはコインロッカーで手に入れた爆弾を抱えたまま元カレの家へ向かったの。

そしたら、ちょうどよくあいつがアパートから出てくるところだったわけ。早速爆弾を投げつけてやろうかと思ったんだけど、あたしはそこで少しだけ冷静になった。

服装とか、めったにつけないアクセサリーとか、髪のセット具合から見て、明らかにこの後デートだったからね。どうせなら新しい恋人とやらも巻き込んでやろうと考えたわけよ。あたし、悪いでしょ？

だから尾行したの。うん、刑事ドラマみたいにね。

でも、全然バレなくて逆にびっくりしちゃった。

案外、人って尾行されてることに気づかないものなんだね。それとも才能があったのかも？

そうそう、コツはね、相手と歩調を合わせるんだよ。足音がごまかせるから、結構バレずにいけるよ。もしも尾行する機会があったらやってみて。

えー？　いや、きっと人生で一回くらい誰かを尾行するときってあるよ。うん、絶対。

あぁ、それでね、元カレとその新しい彼女を尾行したらどんどん怪しい方に向かっていくの。ほら、あの、いかがわしい建物がいっぱいある辺り。

え、わかんない？　あれだよ、あのー……ご休憩とか書いてあるところ。恥ずかしいから言いたくなかったのに。え？　いや、あたしだって行かないし。遠くから見かけて知ってるだけだし。バーカ。

とにかく！　午前中からどこに行ってるんだと思うと腹が立ってね。でも人通りも少ないから、飛び出していくわけにもいかなくて成り行きを見守ってたの。

そしたらさ、なんとびっくり。

あ、こういう大げさな前フリは逆にウソっぽい？　ごめんね、こんなに長い話って人にしたことないから。

でも、自分の話をじっくり聞いてもらえるのって嬉しいね。癖になっちゃいそう。次はもっと平和でくだらない話を聞いてね。うん、よろしく。

で、話を戻すと、元カレと女のところにいかにも悪そうな男が近づいてきたの。三人組で、みんな怖い雰囲気だったよ。アロハシャツとか着ちゃってさ。アロハって、なんか怖くない？　ピエロと同系統の怖さがあるっていうかさ。わかんない？

うん、その男たちが元カレに絡んでるわけ。ちゃんと話は聞こえなかったけど、あたしにはすぐに察しがついたの。あんたにもわかるでしょ？　うん、正解。

いわゆる、ツツモタセってやつだったの。漢字だと美人局《つつもたせ》って書く、あれ。慰謝料とかなんとか言って、お金を取られかけてたわけ。

わざとらしい、あざとい女だとは思ってたんだけどね。あんなのに騙されるなんて、情けない。男って、上目遣いと胸の谷間になんであんなに弱いんだろうね。あんたも気をつけたほうがいいよ。

でね、最初はいい気味だと思ってたの。泣くまでボコボコにされちゃえ、って。

でもほら、あたしって優しいじゃん？

あんなやつでも、ちょっと哀れになってさ。

待てぃ、って割り込んでアロハシャツをちぎっては投げ、ちぎっては投げ……あ、これはさすがにウソだってバレるよね。ごめん、ごめん。

でも見過ごせなかったのは本当。

これは元カレへの未練とか好意じゃなくて、単純な良心。落ちてる空き缶を拾うようなものだよ。

だから持参した爆弾を投げつけてやったの。

あ、そうだね。普通は警察に通報だよね。あのときは全然思いつかなかった。まだ熱があったから、冷静じゃなかったのかも。寝不足だったし。

でもさ、投げた爆弾が本当に爆発したから、もう驚いちゃうよね。

え、だって本物だなんて思わないでしょ？　怪しいアプリで手に入った、怪しい箱だよ？　せいぜいびっくり箱の親戚くらいのものだと思って投げたのに、すごい音と炎でひっくり返るところだったよ。

うん、誰も怪我しなかったよ。

でも、爆弾のおかげでうまい具合に悪そうな連中から元カレを助けて逃げることができたわけ。すごいでしょ？

あ、もしかして引いてる？　大丈夫？　なら良かった。

で、大通りまで元カレと一緒に逃げたの。

そしたらあいつ、あたしに向かってなんて言ったと思う？「おれが間違ってた。よりを戻そう」だって。勝手でしょ？

だからあたし、とびきりの笑顔で言ってやったの。「くたばれ」ってね。

で、呆然としてる元カレを置いて帰ったわけよ。すごくすっきりしたから、あの日は久しぶりに気分良く眠れたなぁ。

あたしの話は、これでおしまい。

なんでこの話をしたかっていうと、あんたが「好きだ」って言ってくれた相手はこういう女だっていうのを伝えておこうと思って。

ほら、前みたいな失敗はしたくないし。ちょっとは慎重になるっていうかさ。

もちろん、あんたが元カレみたいな軽薄なやつじゃないっていうのはわかってるつもりなんだけど、一応ね。

あ、でも、自分で言うのもなんだけど料理は上手です。あと、結構尽くすタイプです。百パーセント愛してくれるなら、百パーセントの愛を返します。うん、あんたのことも、その、嫌いじゃないっていうか、えっと、まぁ、そんな感じなんですけど。

……元カレに爆弾投げつけた話をした後に、あたしのこと「かわいい」って言えるのは大したもんだよね。いや、嬉しいけどさ。

ねぇ、もう一回「好き」って言って。あんたの声、好きだからさ。低くて、いい声してるよ。前にも褒めたっけ？　そっか、そっか。

うん、じゃあよろしくお願いします。

あはは、なんか照れるね。

あ、でも浮気したら殺しちゃうからそこは覚悟しててね。

鏡に映った姿は

殺すのと、殺されるのなら、どっちのほうがいいんだろう。

最近はずっとそのことを考えていたが、答えを出す時間はもうないのかもしれない。

痛みよりも息苦しさを強く感じたとき、自分は死ぬんだろうと感じた。

鈍い痛みがいつまでも消えず、怒鳴る父の声がちゃんと聞き取れない。耳鳴りがしている。みっともなく床にうずくまって、広がり続ける痛みをどうにか抑え込もうとする。

できれば弟は殴られなければいいな。

そんな風に思うのが精一杯で、実際に殴られるのを止めてやることはできなかった。


「昨日は悪かったな」

ワックスで髪を固め、きちっとスーツを身に着けた父は落ち着いた声で言った。

いつもこうだ。

昨夜、獣のように暴れていた面影を今の父に見つけることはできない。黒縁メガネの奥の瞳は冷静で、理知的な光がある。痩せた身体も、とても人を殴りそうには見えない。善良で暴力とは無縁の人に見える。

けれどリビングには潰れた空き缶と割れたグラス、散乱したゴミが残っている。俺の顔と身体についたアザも一晩では消えない。

部屋にしゃがみこんで、朝から掃除をしているのは中学生の弟だ。うつむいていて、父を見ようとしない。恐ろしいのだろう。

「行ってくる」

ビジネスバッグを手に、父が出社する。俺と弟はついに父と一言も口をきくことができなかった。

父が出かけたことで、部屋に充満していた緊張感が和らぐ。それでようやく俺は弟に声をかけることができた。

「ケガの具合は？」

「兄貴ほどじゃないよ」

「そうか」

昨日は途中で気を失ってしまったからわからなかったが、結局弟も殴られてしまったようだ。左頬が青くなっている。

痛みに慣れるということはない。毎日繰り返されても、新しい傷と前の傷は平等にうずく。

だけど弟の傷を見るのが一番の苦痛だった。自分の傷は感覚でわかるが、弟の傷は想像することしかできない。そういう傷には別種の痛みがある。

弟を手伝って、登校前に自宅の掃除を済ませてしまう。

父が暴れるのは酒を飲んだ日だけ、つまりほぼ毎日だ。

でも、翌朝には冷静で穏やかな父に戻っている。

だからこそ、俺たちの現状はどこにも届かない。

対外的には俺と弟の傷は激しい兄弟喧嘩《げんか》によるもので、多忙かつ温厚な父は気性の激しい息子たちに手を焼いている、という具合になっている。

誰かに訴えれば解決するんじゃないかと考えてみたこともある。

でも父はおよそ子どもを殴りそうな見た目をしていない。社会的信用もあるだろうから、俺の言葉を信じてもらえる可能性は低いだろう。

酒さえ飲まなければ、父は温厚な人のままだ。母が亡くなってから、一人で育ててもらっている恩もある。そんな父がなにかの罰を受ける姿も、できれば見たくない。

俺は自覚できる程度には想像力に欠けている。

どうすれば現状を変えられるのか、さっぱりわからなかった。

いつもアザを作っている俺は、学校に行っても孤立している。

目つきが悪いせいか、それとも別の理由かはわからない。だけど怪我をしている人間は、同じくらい誰かに怪我をさせていると思われているようだ。

「また派手にやったなぁ。いつも思うけど、痛くないの？」

俺を遠巻きにするクラスメイトが多い中、この野村《のむら》だけは唯一平気な顔をして話しかけてくる。いつもヘラヘラと笑っていて、あとよくしゃべる。

「痛いに決まってるだろ」

「ならどうしてやめないの？」

俺に訊《き》かれても困るが、理由なら想像できる。

「殴るときは痛くないからだろ、多分」

「そんなもんっすか。でもいい加減にしないと、打撲だけじゃ済まなくなるよ」

たしかにそうだ。

死ぬかもしれない、と思うことが増えた。

それだけ身体に限界が来ているのだろう。

なら、どうすればいいのか。やっぱり答えは出ない。

「そうそう、今日は面白い話を仕入れたんだ」

野村は怪しい噂とか宇宙人とか、その手の話が大好きだ。俺も嫌いじゃない。すべてを信用するつもりはないけれど、話を聞くだけなら面白い。

なにより、荒唐無稽な話をしている間は自分のいる現実を忘れられる。

「殺人アプリの噂、知ってる？　占いアプリで『孤独な羊』っていうんだけど、願えば人を殺してくれるらしいよ」

物騒な言葉に、俺は思わず目を見開く。

殺人という言葉が、頭の中にずっと棲みついていた。

自分が殺されないための確実な方法が一つだけある。そのことには前から気づいていた。

殺さる前に、相手を殺すのだ。

たとえそれが実の父親であっても、生きるためならばためらってはいられない。

だって、そうしないと死ぬのは俺のほうだから。あるいは弟が先かもしれない。自分よりも先に弟が死ぬなんて、想像したくもない話だ。

でも本当にそれしかないのか？

殺されるのはもちろん嫌だ。

だけど、殺すのだって同じくらい嫌だ。積極的に選択したいとは思えない。

「あ、やっぱり興味ある？　詳しく話そうか？　色々噂のあるアプリなんだけど、黒い羊を探す必要があるのは共通しててね。で、時間帯は深夜が良くって……」

「興味ない」

仮に人を殺せるアプリが本当にあるとして、そんなものにすがってどうなる。自分以外の誰かやなにかが現状を変えてくれたことが一度でもあったのか。一度もなかったから、俺と弟はまだアザが残っているんだろう。

怪しい噂やアプリに頼るわけにはいかない。自分の力で変えるんだ。殺されるよりも先に、手を打たなくてはならない。

俺はまぶたを閉じた。

身体の内側で目覚めた殺意を、逃してしまわないように。

「残念。じゃあ爆弾女の噂とかがいい？　それともカッパの話にしようか？」

野村はまだなにかを話していたが、俺はもうあまり聞いていなかった。

父が酒に溺れるようになったきっかけは、母の死だと俺は考えている。弟を出産したとき、母は亡くなってしまった。

それから十数年が経ち、父は表面的には立ち直ったが実はまだ母の死を受け入れていないのだろう。俺が中学生になった頃から飲酒量が増え、今はもう毎晩だ。酒の量と比例して暴力も増えた。

きっと俺が死んでも、父は変わらず酒を飲む。

酔いから醒めたときだけ謝って、まともなフリをして、でも現実と向き合うのが怖いから結局アルコールに浸る。そしてまた、不満や怒りを暴力という形で周囲に撒《ま》き散《ち》らす。醜悪だ。

家に帰ると弟がいた。ここにいられると都合が悪いので、追い出すことにする。

「悪いけど羊羹《ようかん》を買ってきてくれないか。母さんのお供えに必要なんだ」

「今から？　墓参りは来週だろ」

「いいから頼む。もうすぐ父さんが帰ってくるから、ゆっくり行ってこい」

「……わかった」

弟が出ていく。多分、父の暴力からかばうためだと思ってくれたのだろう。あえてそう誤解させるための言葉を選んだ。

これで準備は整った。

俺は制服の内ポケットに隠したカッターナイフの形を確かめる。

人を殺すのにアプリなんて必要ない。

刃物はそこらへんに転がっているし、鈍器だって見つけるのは容易《たやす》い。

必要なのは決意だけだ。それは今、十分ではなくとも必要なだけはあると思う。

弟は外に逃がした。これでどんな結末になっても、弟は無関係だとわかってもらえるだろう。

三十分ほどが経って、父が帰ってきた。

刃物をポケットから取り出そうとしたとき、不意に母の顔を思い出した。小さな頃に見ただけで、あとは遺影の表情しか記憶にない。

でも母を思い出してしまったせいで、俺は寸前のところで刃物を取り出せなかった。

かといって、このまま引き下がることもできない。

だから俺は、帰ってきた父に土下座をした。

「お願いです。お酒をやめてください」

最初で最後にするつもりだった。

もしかしたら聞き入れてくれるかもしれない。

怪しいアプリや知らない誰かにすがることは無謀でも、親や家族にならば期待してもいいんじゃないか。

少なくとも、酒を飲んでいないときの父なら冷静に、俺の懇願について考えてくれるかもしれない。せめて酒を飲む頻度を減らしてくれるかもしれない。

そんな妄想は、文字通り踏みつけられた。

「お前は親を病人扱いするのか。惨めなアルコール中毒者のように扱うのか。何様のつもりだ」

父は土足のまま俺の頭を踏みつけていた。

額から広がる鈍い痛みよりも、望みを打ち砕かれた感覚のほうが強烈で、呆然としてしまう。酒を飲んでいない父に暴力を振るわれるのはこれが初めてだった。

「俺には酒を楽しむことさえ許されないのか。お前たちの奴隷のように、ただ金だけを稼いでこいと言うつもりか」

父は言葉を吐き出しながら、俺の頭と背中を何度も踏みつける。

とっさに謝ろうと思った。

これ以上暴力を振るわれないために、言葉だけでも謝ろうとした。でもそれは自分の願いを撤回するようで嫌だった。

小さな意地を張った代償は重い。

みぞおち辺りに父のつま先が突き刺さり、激しい嘔吐《おうと》感に背中を折る。

「俺がお前たちに食事や金で不自由をさせたことがあるか。親としての責務も、社会人としての義務も立派に果たしている。なのにどうして息子からこんなむごい仕打ちを受けなくちゃいけない」

耐えられない、とうめいて父は冷蔵庫に向かう。

俺が間違っていた。認める。

抑えつけていた殺意に、そう弁解する。

本当は勇気がなかったんだ。

まだ心のどこかで、父に対する期待とためらいを捨てきれていなかった。手を汚す覚悟がなかった。殺したくなかった。

だからロクに覚えてもいない母の幻にすがってしまった。死人を言い訳に利用して、自分の気持ちをごまかそうとした。

でも、もう頭が冷えた。

身体の感覚が薄れて、痛みを感じない。

今なら久しぶりに息が深く吸い込める。

俺はゆっくりと立ち上がった。

「お前はどうして俺を苦しめる。俺から奪うばかりだ」

酒を一息に飲み干した父が、嘆きながら近づいてくる。

「お前たちなんて生まれなければよかった。そうすればあいつも――」

父が振りかぶった。

だけど先に俺が父を殴ったので、その拳はどこにも届かずに空を切る。

あっけなく父はふらついた。殴られるとは思っていなかったのだろう。驚いた顔をしている。

ずっと気づかないふりをしていたけど、俺はもう高校生だ。体格では父に負けていない。正面から殴り合えば、一方的に負けることはない。酒浸りの相手ならなおさらだ。

人を殺すのは難しくない。

殺人アプリなんかに頼る必要もないし、もっと言えば武器だって不要だ。素手でも人を簡単に傷つけられるのは、酒に酔った父が教えてくれたことだ。

もう一撃、父の顔面を殴りつけると倒れてしまった。

やめろ、と怒鳴っているがその声に以前ほどの迫力を感じない。

もっとつらい気持ちになるかと思ったけれど、だんだん気分が晴れてきた。

父が俺にそうしたように、うずくまる父を踏みつけて蹴り上げる。身体に刻まれた暴力をそのまま実践する。たったそれだけで、父の身体から威厳や迫力が削《そ》がれていくような手応えがあった。

夢中で足を動かす。ひどく耳障りな悲鳴が響く。

でもまだだ。まだ、父が怖い。

こいつが脅威でなくなるまで、止まるわけにはいかないんだ。

殺そう。

俺が死なないためには、こいつを殺すしかない。

「なにやってんだよ！」

突然誰かが飛びかかるようにして、俺を止めた。俺は自分の身を守るためにそいつも殴った。

くぐもった声をあげたのは、弟だった。

よほど痛かったのか、よろよろとその場にしゃがみこんでいる。

気づくと部屋はひどい有様《ありさま》だった。

父は芋虫のようにうずくまり、弟はうなだれている。

荒い呼吸で部屋の中心に立っているのは俺だけだった。

どこか遠くでサイレンの音が聞こえる。

窓に目を向ける。そこに映っている自分はまるで獣に見えた。

今の俺は父となにも変わらない。

気に入らないことを暴力で解決しようとしている。

俺はこんな風にはなりたくなかった。

なりたくなかったのに、他の方法はなにも思い浮かばなかった。

ごめん、とつぶやいてその場に座り込む。それ以外にできることはなかった。

やがてサイレンの音が近づいてきた。

俺はどうすればよかったのか。

きっとこの後に駆けつけてくる人たちなら、教えてくれるんじゃないかと、俺はそう期待していた。

だって、あなたは弱いから

お母さんは僕に「天使《てんし》」という名前をつけた。

産まれたときに後光がさしていて、本当に天使のように見えたからあなたの名前は天使なんだよ、とお酒に酔うたび笑顔で話してくれる。

妹の名前は「妖精《ようせい》」だ。小さくて可愛くてキラキラと輝いて見えたから、そう名付けたそうだ。でもお母さんには悪いけど、正直呼びにくい。

「兄ちゃん、寒い」

「じゃあそろそろ行こうか」

妹の妖精にはできるだけ暖かい格好をさせる。お母さんのマフラーや手袋を使うからサイズは合っていないけど、ないよりはきっと暖かい。四歳の妹が大人用のマフラーを巻くと、雪だるまのようにモコモコとしていた。

家を出る前に、お母さんへの書き置きを残しておく。

お母さんは心配性なので、帰ってきたときに僕たちがいなかったらびっくりしてしまうだろう。なので「図書館へ行ってきます。夕方までには帰るから大丈夫」と書いた紙を見えるところに置いていく。

お母さんがいつ帰ってくるのか、僕にはわからない。

早朝のことも、真夜中のこともある。毎日きちんと帰ってくることもあれば、一週間以上留守にすることもある。

どこで誰といるとしてもちゃんとご飯を食べているといいな、と思う。お腹《なか》が空くのはとても悲しいことだから。

アパートを出て、妹と手をつないで図書館を目指して歩く。

朝の日差しが道に積もった雪に反射してキラキラとしている。仕事や学校に行く人の足跡でもう固く踏み固められていたけれど、妹はそれでも嬉しそうだ。転ばないように強く手をにぎる。

五分ほど歩いて、図書館に着く。ここはいつも空調がきいているので夏でも冬でも過ごしやすい。たくさんの本があるので妹も退屈しない。

「兄ちゃん、また後でね」

「うん、気をつけて」

妹は児童書コーナーへと向かっていく。僕も自分が読む本を選ぶため、二階に続く階段へ向かった。

図書館は基本的には静かで、足音やページをめくる音がよく聞こえる。だけどたまには静かじゃないときもある。

今日は、妹と同年代の子どもが母親にすがりついて泣いていた。児童書コーナーではああいう風に泣いたり、騒いだりする子がいるのもよくある光景だ。

でもそう考えると、妹の妖精はおとなしい。

それを「良い子だ」という言葉で片付けていいのかはいつも不安だった。

もちろん、妹の聞き分けが良いことには助けられている。

でも、そのために妹がなにかを我慢しているのだとすれば、それは少し嫌だ。

「よく会うね。本、好きなの？」

急に近くで声がしたけれど、それが自分に話しかけているものだと気づくのには少し時間がかかった。

声をかけてきていたのは知らない女の人だった。エプロンをしているので司書さんだとわかる。

「ね、少しだけ話ができないかな？」

やんわりと尋ねてくれているが、不審がられているのだと感じた。

休館日である火曜日以外は毎日のように通っている。お昼ごはんのために一旦戻る以外は閉館時間までここにいるので目をつけられるのは仕方がない。

「妹も一緒で良かったら」

別に隠しておかないといけないほど大きな秘密があるわけじゃない。

目をつけられてしまった以上、この人を避けたって別の誰かが来るだけだろう。それなら話は早く済ませたほうがいいんじゃないかなと思う。それになんとなく、この人は優しそうだ。

「ありがとう。じゃあ談話室に行こうか」

一階にいる妹に声をかけて、司書さんと一緒に談話室へ向かう。

妹は人見知りをするタイプなので、司書さんから逃げるように僕の背中に隠れた。

「ごめんね、怖がらないで。話をしたいだけだから」

わりと愛想の良い司書さんだけど、ちょっとだけ傷ついているようだ。

「これで遊んでていいから、ちょっとだけここにいてよ」

僕はお母さんが前に使っていたスマートフォンを妹に手渡す。もう電話としては使えないけれど、図書館では無料のネット回線に接続できる。充電も一緒にできるから、ここでならおもちゃとして使えた。

スマートフォンを手にした妹はお気に入りの、カラフルな羊を集めるアプリを起動させる。たしか名前は『孤独な羊』と書いてあったっけ。前にお母さんが使っていたものをそのままおもちゃにしているから、詳しくは知らない。

妹の機嫌が良くなったので、僕はあらためて司書さんと向かい合う。

知らない大人と話すのは緊張する。

僕の顔がこわばっていたのか、司書さんは優しい声で言った。

「えっとね、勘違いしないでほしいんだけど図書館に来るのはいいことだよ。すごく嬉しい。でも保護者の人が知ってるかどうかだけ一応確認しておきたくて」

「書き置きをしてきたから知ってると思う。お母さんはしばらく帰ってきてないけど」

「あー……そうなんだ」

司書さんはその説明だけで、なにかを察したようだ。

もう少し根掘り葉掘り事情を聞かれると思っていたけれど、そうじゃなくて良かった。おかげで僕が小学校に通っていないことや、お父さんがいないことは話さずに済んだ。隠すつもりはないけれど、積極的に話したいとも思わない。

代わりに司書さんは本の話をしてくれた。僕らがどんなジャンルの本を好きなのかとか、そんな話をした。

司書さんの話し方はやわらかくて、それにずっと笑顔だったので、なんだか話しやすかった。だから僕は一番大事なことを確認しておく。

「これからもここに来ていい？」

「もちろん。図書館は誰に対しても開かれている場所だからね」

「良かった」

ここに出入りできなくなったら、アパートで妹が凍えてしまうところだった。

家にも暖房はあるけれど、お母さんがいないときはできるだけ使わないようにしている。たくさんお金がかかると、お母さんが困ってしまうから。

「なにかあったらいつでも相談してよ。できるかぎり、力になるから」

「お姉さん、お節介だね」

「ごめんね。なんとなく君が友達に似ていて、ほっとけないんだ」

「その人も図書館に入り浸りだったの？」

「ううん」

司書さんは声を小さくして、僕にだけ聞こえるように言った。

「高校の同級生でね。彼は親から暴力を受けてたんだよ。警察が介入するようなことになるまで、私は気づけなかった。毎日のように話をしてたのに」

「その人はどうなったの？　死んじゃった？」

「大丈夫、生きてるよ。色々あったけど今は元気に働いてる。この前も一緒にカッパを釣りに行ったよ」

「カッパ？　釣れたの？」

「全然釣れなかったよ。でも楽しかった。あ、ちゃんと捕獲許可証も取ったから今度見せてあげるね」

カッパを捕まえるのに許可っているんだ。図書館で本をたくさん読んだつもりだったけど、まだまだ知らないことがあるみたいだ。

「またおしゃべりしようよ。妹さんもね」

司書さんは別れ際にそう言って、手を振った。多分、とても良い人なんだと思う。

でも、僕は今の生活にあまり不満はない。妹を不憫《ふびん》だと思うことはあるけれど、それもお母さんがいない間だけだ。

少なくとも僕は不幸じゃない。それは多分、幸せってことなんだと思う。


夜。

妹と同じ布団で寝ていた僕は、アパートの扉がきしむ音で目を覚ましてしまった。でもまだ眠いので身体は動かさない。薄くまぶたを開く。

外から冷気と共に入ってきたのはお母さんだ。

出かけるときのお母さんはいつも綺麗な服を着て、丁寧にお化粧をする。その綺麗な姿のまま帰ってきたときのお母さんは上機嫌だ。

だけど髪が乱れ、お化粧も崩れた状態で帰ってくるときはいつも悲しそうだ。好きな人とうまくいかなかったんだな、ってすぐにわかる。

こういうときに声をかけると、お母さんに気をつかわせてしまう。本当はつらいのに「大丈夫だよ」って言わせることになる。だから僕は寝たふりを続けた。

お母さんは子どものようにスンスンと泣きながら、キラキラしたカバンを置き、重そうなコートを脱ぎ捨てる。時折、親指で目元を拭うからお化粧が崩れて目の周りが真っ黒になってしまっていた。

ゆっくりと近づいてくるのがわかって、ぼくは目を閉じる。

「ごめんね」

お母さんの消えそうなくらい小さな声がして、僕にそっと覆いかぶさってくるのがわかった。

その手が僕の首にかかる。長い爪が皮膚に食い込んできた。僕は息ができなくなるけれど、どうにか耐えようとした。

まぶたの裏よりも濃い、真夜中のような黒がじわりと僕を包み込んでいく。

だけど、不意に力がゆるまりお母さんは僕を抱きしめた。

ごめんね、と泣きながら。

これで何回目になるだろう。

お母さんは悲しいことがあるたびに、こうして僕や妹を連れてあの世へ旅立とうとしてきた。

だけどお母さんは弱い人だから、僕が苦しそうな顔をすると力をゆるめてしまい、いつも謝りながら泣き崩れてしまう。

そんなお母さんを見るのがつらいから、僕はできるだけ苦しくないふりをしようとするんだけどやっぱり難しい。首を絞められるとどうしようもなく苦しいから。

お母さんにバレないよう、静かに深く息をする。喉についた爪痕がヒリヒリと痛んだ。

泣き疲れたお母さんがそのまま眠ってしまうのを待ってから、僕はゆっくりと布団から抜け出す。妹は目を覚ましていないようだった。

掛け布団をお母さんにかけ、僕は洗面所の鏡を見る。首にはくっきりと指の跡がついていた。だけど冬だからマフラーで隠せる。よかった。

かすかな寝息を立てて眠るお母さんの顔には涙の跡が残っていて、それを見ると僕まで悲しくなる。

優しい人間は生きるのに苦労するんだな、というのがお母さんを通して僕が学んだことの一つだ。

お母さんが苦しむくらいなら、僕なんて産まれなければよかったと思う。

昔、お母さんの妊娠を知った相手の男は産まないように言ったらしい。お母さんはそれは嫌だと言って、結局男と別れてしまった。

しかも、お母さんはそのとき未成年だったから周りからもひどいことを言われて、両親と揉《も》めて家を飛び出し、結局一人で僕を産んで育てることになったそうだ。

つまり僕の誕生がお母さんを不幸にした。

僕がお腹の中にいるうちに引きずり出しておけば、お母さんはこれほど苦労することはなかっただろう。そう思うと申し訳ない気分になる。

妹のときも同じことが起きたらしい。

相手の男は産むなと言い、お母さんはそんなことはできないと反発する。お金を稼ぐことのできる男の人よりも、お金も手間もかかる子どもを選んでしまった。

自分の幸福よりも、僕たちへの愛情を優先してしまう。

それが僕らのお母さんだった。

お母さんからの話を聞くかぎり、世の中の人は子どもの誕生を喜ばないことが多いみたいだ。僕や妹の誕生を祝福してくれたのは、世界で唯一お母さんだけだった。

お母さんは弱くて優しい人だ。色んな悪いやつにうまく利用されて、傷つけられて、苦労ばかりしている。

だけど優しいお母さんは、それでも僕たちのことを愛してくれる。今のお母さんにできる精一杯の力で僕たちを育ててくれている。弱いけれど強い人だ。

それでも時々耐えきれなくなって、お母さんは僕たちを連れて死のうとする。一度も成功したことがないから、こうしてまだ生きているんだけど。

お母さんがもっと無責任で自分勝手な人だったら、幸せに生きられたのに。そう想像すると気の毒になってしまう。

でも僕は、弱くて優しいお母さんのことが大好きだ。僕たちのことを見捨てられないお母さんを、愛することしか僕にはできない。

でも、本当にそうなのかな。

もう一度自分を鏡で見てから、無防備に眠るお母さんの姿を見る。お母さんの首は細くて、少し力を込めたら簡単に折れてしまいそうだった。

そうだ、良いことを思いついた。

あんまり可哀想《かわいそう》だから、僕が代わりにやってあげよう。お母さんを幸せにすることはできない僕だけれど、心中くらい手伝えるはずだ。

だって僕の身体には、お母さんを見捨てた男の血も流れているはずだから。それならきっと家族を殺すことだって簡単にできると思う。

良い考えを思いついた興奮で、それからはもう眠くならなかった。

朝起きて、お母さんが帰ってきているのを知った妹は飛び上がって喜んだ。朝からお母さんにしがみついて離れない。

お母さんも「今日は一日仕事をお休みにしたから」と言って、家に居てくれることになった。昨夜は悲しそうだったけれど、今朝は少し元気そうだ。

図書館から借りてきた絵本を、お母さんが妹に読み聞かせする。一人でも読めるはずだけれど、お母さんの腕の間で本を読むのは格別みたいだ。

朝は一緒に買い置きしておいたパンを食べ、お昼にはお母さんがオムライスを作ってくれた。三人で食べる食事はおいしい。

昼寝をする妹と、寝かしつけようとして一緒に寝てしまったお母さんを置いて、僕は家を出る。首の傷が誰にも見つからないように、赤いマフラーを念入りに巻いた。

雪の降る外は、吐いた息が白く濁る。

この道を一人で歩くのは久しぶりだ。少しだけ寂しいけれど、たまにはこんな時間があってもいい。

図書館に着くと、まずあの司書さんがいるかどうかを確かめた。けれど、僕たちのことを気にしてくれている「野村」という名札をつけた司書さんの姿はない。今日は休みなのかな。だとしたら、ちょうどいい。

どんな知識についても、探せば見つかるというのが図書館のいいところだ。心中についてもわかるし、死体についてもわかる。

お母さんは綺麗な人だから、できるだけ綺麗なまま死なせてあげたいと思う。あんまりひどい姿になるのは気の毒だ。あと、苦しいのも良くない。

調べた範囲だと、有毒ガスを発生させる方法が良いと思った。自殺や心中の方法として調べるよりも、実際に起こった事故や事件の記録を参考にしたほうがわかりやすい。

決行は早いほうがいい気がするので、僕は図書館からの帰り道にホームセンターに立ち寄った。

お母さんに生活費として渡されている財布から、必要なものを買い揃える。無駄遣いしちゃダメだよ、と言われているけど死んだらお金もいらないはずだから大丈夫。

ごまかすために夕飯の買い出しも一緒にする。僕も多少は料理をする。お母さんの作るオムライスには勝てないけれど。

「おかえり、兄ちゃん」

「天使、どこに行ってたの？　心配したんだから」

起きていたお母さんと妹が優しく出迎えてくれる。これだけで僕は外の寒さと暗さを忘れられた。

「夕ご飯を買い出しに行ってきただけだよ」

「ごめんね、天使。苦労ばっかりさせて」

お母さんはよく謝る人だ。僕はなにも謝ってほしいことなんてないのに。

そして、最後の晩餐《ばんさん》はつつがなく済んだ。

僕の作ったシチューをお母さんも妹もおいしいと言って食べてくれた。

お母さんは買い置きのお酒を飲んで、また僕と妹の名前の由来や、昔どれだけひどい目に遭ったのかを笑いながら話してから眠った。妹もお腹が膨れるとすぐに寝てしまう。

いつまでも起きているのは僕だけだ。

眠れない夜は長くて退屈だけど、今だけは助かっている。

できるだけ静かに準備を始めよう。有毒ガスを発生させる材料は揃えてある。あとは外に漏れ出さないように、窓や換気口をテープで塞ぐだけだ。

「兄ちゃん……？」

半分ほど済ませたとき、布団から声がしたものだから僕はびっくりした。妹が身体を起こしている。

「ごめん、うるさかった？」

「ううん。トイレ」

良かった。トイレはまだテープで塞いでない。寝ぼけた妹が不審に思うことはないだろう。

トイレから布団に戻った妹の頭をなで、眠るまで手を握っておいてやる。

「兄ちゃん。今日は楽しかったね。お母さんのオムライス、おいしかった」

「うん」

「今度はお出かけしたいね。また三人で花火、見たいなぁ」

「そうだね」

柔らかな髪をなでてやりながら相槌《あいづち》を打つと、妹はすぐにまた眠ってしまった。

静かな夜に二人分の寝息が心地よく聞こえる。そっと妹の手を離し、僕は再びテープを手にした。作業を再開しながら、妹の言っていたことについて考える。

花火。

僕は一度だけ大きな花火を直接見たことがある。それはまだ暑かった頃のことだ。お母さんが綺麗にお化粧をして「みんなでお祭りに行こう」と誘ってくれたから、電車に乗って三人で出かけた。めったにないことだったから、僕も妹もウキウキしていて、お母さんはそんな僕たちの手を握って、優しく微笑んでいた。

お祭りの露店を見て回った後、お母さんに手を引かれて僕と妹は崖に登った。「花火がよく見える穴場だよ」とお母さんが言っていたのを覚えている。

ゴツゴツして歩きにくい道をどうにか進むと、ようやく崖の端っこにたどり着いた。苦労したけれど、そこからは綺麗に花火が見えた。

すごいすごい、と僕と妹が声をあげて喜ぶ中、綺麗な花火を見てお母さんは泣いていた。最初は大きな音にびっくりしたせいだと思ったけれど、本当は全然違ったんだと思う。

後から知ったことだけれど、そこは自殺の名所として有名な断崖絶壁だった。偶然、図書館で読んだ本に、そう書いてあった。

あの日のお母さんは、僕と妹の三人で身投げをするつもりだったんだ。

でも、僕たちが花火に夢中だったから、結局心中することができなくて、お母さんは泣いてしまったのだろう。

そんな夏のことを思い出しているうちに、準備は終わった。

あとは洗剤を混ぜるだけだ。

台所で洗剤の包装をはがしていると、流しの三角コーナーが目に入った。そこには卵の殻が入っている。

オムライス、おいしかった。できれば、また食べたかったな。

妹は花火を気に入っていた。もう一度見せてやることができたらよかったんだけど。

考えれば考えるほど手が震えて、洗剤の蓋が開けられない。指に力が入らなくなっていた。

僕は自分の弱さに驚いた。

これではお母さんと同じだ。いざとなると踏み出せない。

だけど、今日一日があまりにも幸せだったから。

妹が未来に希望を抱いているから。

お母さんがまだ幸せになれていないから。

だから僕は心中に踏み切れない。

自分がこんなに弱いとは、知らなかった。

やっぱり僕はお母さんの子どもなんだ。

そのことが嬉しくて、悲しくて、朝まで呆然とその場に座り込んでいた。

翌日の朝。

お母さんがスーパーのパートへ出かけた後、僕は妹と一緒に図書館へ行く。

いつものように一階で妹と別れると、すぐにあの司書さんが声をかけてきた。

「おはよう。今日も寒いね」

にこやかに話しかけられると、僕もつられて笑ってしまう。

「最近はどんな本を読んでるの？」

さすがに心中について調べていたことは隠しておいたほうがいい気がする。僕は近くの本棚にあったものを読んでいると答えてごまかすことにした。

「あ、それ私も昔読んだことある。ちょっと怖い話だよね。でもぜひ最後まで読んでみてほしいな。きっと好きになれるから」

司書さんは棚に並ぶ本の背表紙を指でなでる。

「本って最後まで読まないと、どうなるのかわからないのが良いところだよね。離ればなれになった王子様とお姫様は、最後には奇跡的に結ばれるのかもしれない。悪い王様も改心するかもしれないし、仲間はずれの魔女には友達ができるかも」

「でも、ハッピーエンドになるとは限らないよ」

「それも最後まで読まないとわからないと思わない？　たとえ怖い展開や、つらい出来事が続いたとしても、大逆転でハッピーエンドになるかもしれない。だからどんな物語も途中で閉じちゃうのはもったいないよ」

司書さんの言葉は、たしかにそのとおりだと思う。

物語の続きがどうなるのかは、ページをめくってみるまでわからない。そんな簡単なことに、今まで気づかなかった。

僕はずっと今のままで十分だと思い込もうとしていた。

だけどやっぱり、心中を何度も試みる状況が普通なわけがない。

役所の人は怖いから、と怯えていたお母さんの姿を思い出す。

今の僕にはなんの力もないから、誰かに助けてもらうしかない。

でもそのせいで、僕と妹はお母さんとは一緒に暮らせなくなるかもしれない。僕たち兄妹《きょうだい》も離ればなれになるかもしれない。

でも、たとえ一緒には暮らせなくても、生きていたほうがいいと思う。

生きてさえいれば、物語は続くから。

そしたらまた一緒に暮らせる日が来るかもしれない。

だから僕は自分にできる唯一のことをする。

「お母さんを助けてください」

頭を下げると涙がでてきた。

もっと僕に力があれば、他になにかできたかもしれないのに。

「――大丈夫。もう大丈夫だから」

司書さんが優しく背中をなでてくれたけれど、僕の涙は止まらなかった。

ご迷惑をおかけして申し訳ありません

他人に迷惑をかけるような人間に、生きる価値はない。

だとすれば――死ぬべきなのは私だ。

自己嫌悪にまみれて駅で電車を待つ間、そんなことばかり考えてしまう。一日のうちに何回「申し訳ありません」と「すいません」を言っているのか、自分でもわからなくなってきた。

終電を待つ人の中で、私は自分の失敗を思い返す。気分は重い。

また明日も、あの職場に行かなくてはならない。怒られて、物を投げられ、笑われて、ようやく出した成果すら認められない、あの場所に。

疲れた。

休みたい。

なにも考えたくない。

ホームにアナウンスが流れ、電車が近づいてくる。

衝動的に足を一歩前に踏み出していた。

ここから飛び出せば、すべての問題が消えてなくなる。少なくとも、もうあそこに行かなくてもよくなる。

でも、待って。電車に飛び込んだら、当然その電車は動かなくなる。それに乗る予定だった大勢の人に迷惑をかけてしまう。

場合によっては電車を止めた損害賠償を請求されるなんて話も聞いたことがある。もしそれが本当だったら死んでからも周りに迷惑をかけることになる、それはダメだ。つま先で踏ん張ってギリギリで思いとどまる。

どうせ死ぬなら、できるだけ人に迷惑をかけないように死ぬべきだ。それが自殺する人間が持つべき最低限の矜持《きょうじ》なのかもしれない。

「すいません」

私はまた謝りながら電車に乗り込んだ。

自宅に着く頃には、次の出社時間までほんの数時間しかなかった。眠りたい。

着替えて、メイクを落として、入浴するという手間が惜しい。

玄関でヒールを脱ぐと同時にカバンを床に落とす。無造作に服を脱ぎ捨てながら、部屋の奥に待つベッドのもとへと一歩ずつ向かっていく。足元にはゴミや洗濯物が散乱しているが、今から整理する気力も時間もない。

結わえていた髪をほどき、下着まですべて脱ぎ捨て、最後にかけていたメガネを外すと、それを握ったままベッドに飛び込んだ。

少しでも長く休むために、早く眠らないといけない。そう思えば思うほど眠れない。

何度も寝返りをうつ。朝がどんどん近づいてくる。でも眠れない。明日に脅されるような時間が続いて、動悸《どうき》が激しくなる。無理にでもまぶたを閉じると、会社での出来事を思い出してしまって、息苦しい。

私はどうしてこんなに他人に迷惑をかけることしかできないのだろう。自分で自分が情けなくて仕方ない。

そして今日も私は後悔と共に眠れない夜を過ごした。


早朝、立て続けに鳴るスマートフォンの通知音に私は飛び起きた。

仕事の連絡かもしれない、と急いで確認するが、差出人は母だったため、ため息をつく。母からのメッセージに緊急性はない。渋々確認してみると内容はいつもと変わらないものだった。

仕事はうまくいっているのか。結婚はどうなっているのか。近所のなんとかさんの家では二人目の孫が生まれたとかなんとか。なんとかさんの娘さんはどこかで大きな賞をもらったとか。

そして最後に「ちゃんとしなさい」と書かれていた。もう何ヶ月もまともに返信していない。

母は「恥ずかしい」という言葉を昔からよく使う人だった。

評価基準はすべて「恥ずかしいかどうか」という一点に集約されている。

そのせいだと言うつもりはないけれど、私は人に笑われることに対してとても過敏になった。

そんな母の監視から逃れたくて、一人でもきちんと生活できると証明するために実家を離れて就職した。

だけど今の私はちゃんとできていない。独立してみて初めて、母が毎日の家事をどれだけちゃんとしていたのかがわかった。私は会社に行って帰ってくることしかできないでいる。

仕事に行くのが憂鬱だ。いっそ辞めてしまいたい。

でも、このご時世、新卒で入った会社を途中で辞めたら次にちゃんと就職できるとは限らない。仕事がなければお金もなくなる。生きていけなくなる。

かといって実家に帰ることも恥ずかしくてできない。お金や物を送ってもらうことさえ恥ずかしい。

ちゃんとできない私は、いなくなったほうがいいのかもしれない。

衝動的に台所に向かう。

せっかく買い揃えたのに、時間がなくて使う機会のない調理器具たちが整然と並んでいた。中には包丁もあるので、それを逆手で掴んだ。

生きていようとするから働かなくてはいけないし、お金もかかる。

でも死んでしまえばそれっきりだ。

自分が苦しむことはないし、他人に迷惑をかけることもない。葬儀代くらいは貯金でどうにかなるはず。

手に持った包丁を自分の胸に向けて、力を込めようとしてふと思う。

私が住んでいるのは賃貸物件だ。この部屋で死ねば、それがどんな方法だったとしても大家さんに迷惑をかけてしまう。不動産屋さんにもそうだし、ご近所さんもいい気持ちはしないだろう。

私は社会の役に立つことができていない。恥ずかしいけれどそれは事実だ。

プラスを生むことのできない人間は、せめてマイナスを生まないように努力するべきだろう。

手にした包丁をそっと元の位置に戻す。

けれど、胸に宿った死への決意は簡単には消えない。

せめて最後くらいは誰にも迷惑をかけず、完璧にやってみせよう。

こうして私は自分の殺人計画を立てることにした。

不思議なことに、死ぬと決めてからは毎日を元気に生きることができた。

会社でどれだけ怒鳴られても、もうすぐ死ぬのだから気にならない。どうせ死ぬのだから睡眠時間もそれほど必要ない。母のことも意識しなくなった。

死を目標にすると、あらゆることが苦痛じゃなくなる。

時間を見つけては、インターネットで様々な情報を集めた。

真っ先に決めるべきなのは自分の殺害方法だ。

苦痛の有無や、準備の手間など、方法を選ぶ基準はたくさんある。

私がもっとも重要視するのは後始末についてだ。あまり大掛かりな方法で死ぬと、私が死んだ後、周囲に迷惑をかけることになる。

ネットには信頼できる情報もあれば、どう読んでも怪しい情報も潜んでいた。

そんな中でも気になったのは『孤独な羊』という占いアプリに関する噂だ。

そのアプリにはどんな願いでも叶えてくれる黒羊のキャラクターがいるらしい。

『孤独な羊』なら私も学生時代によく使っていた。

ネットの情報によると長時間起動していると、黒い羊を見つけやすいようだ。だから私はアプリを起動したままにして黒羊を探した。

すると、探し始めてから五日目に案外あっさりと出現した。どうせ眠れないのだからと、夜を徹して探したのが功を奏したのかもしれない。

アプリ上で黒羊を捕まえると願いを書き込むスペースが表示された。文字数制限はなさそうだったので、できるだけ詳しく書き込んでいく。

自分の現在の状況、悩んでいること、どうして自殺を決意したのか。思いつくかぎりの文章を入力し、最後にもっとも重要な一言を打ち込む。

『誰にも迷惑をかけずに死にたいです』

そう黒羊に託したが、アプリからの反応は一週間経ってもなかった。

やはり噂は噂でしかなかったみたいだ。

私は自力で自殺の方法を考えなくてはならない。

自殺には手段の他に、場所という問題も関わってくる。

まさか公衆の面前で、というわけにもいかない。突然、死体を出現させても困らない場所とはどこなんだろう。

通勤時間を利用して、いくつか場所を見繕う。

空き地、廃ビル、ゴミ捨て場。

ダメだ、どこも所有者がいる。その人に迷惑をかけるわけにはいかない。

死ぬなら公園がいい、という話を以前ネットで読んだのを思い出した。公園なら大抵、市とか国とか公的機関の所有物だ。個人に迷惑をかけるわけじゃない。早めに見つけてもらえるから後処理もそんなに大変じゃないそうだ。

私は会社の窓から近くの公園を見下ろす。

昼間だからか、親子連れの姿がちらほらと見えた。楽しそうだ。

もし私があそこで死んだら、あの子たちが遊ぶ場所がなくなる。人が死んだ公園で遊びたくはないだろう。やっぱり不適切だ。

これでまた私の自殺計画は暗礁に乗り上げてしまった。

できるだけ他人に迷惑をかけない方法と場所を選んで死ぬ。

これは思った以上に難題のようだ。自殺するのも楽じゃない。

だけど、どうせ最後なんだから。

それなら一切の妥協なく、完璧な自殺を目指すべきだ。


退職願を出した。

二週間の引き継ぎを終えたら、私は死ぬ。

その間に自殺の準備も整える。

まず持っているものを順番に処分していった。フリーマーケットアプリはこういうときに便利だ。写真を撮って出品するだけで、どこかの誰かが落札してくれる。

そのお金を利用して、ちょっといい服を買うことにした。

高めのコスメを使って、自分を着飾っていく。学生の頃憧れていたブランドの靴を買い、最後に美容室を予約して髪を染めた。

勧めている間は絶対にできなかった色がいいので、ものすごく派手なピンクにしてもらった。髪を染めるのは初めてで不安だったけれど、仕上がりを見たら気分が良かった。

一つの目標に向かって努力を積み重ねていくのは得意だ。

幼い頃からそういう生き方を学んできた。テストで百点が取れるように。いい学校に行けるように。良いところに就職できるように。

誰かがわかりやすい目標を用意してくれたなら、私はそれを達成するために努力することができる。

誰かの指示に従っていれば、少なくとも恥ずかしい思いをすることはない。もしも間違っていたなら、それは私の責任ではなく、指示をした人の責任だから。従っていただけの私は悪くない。そう言い訳できる。

だけど、就職したところでその目標が見えなくなった。自分の頭で考えて、行動することを求められる機会が増えた。親は「ちゃんとしなさい」としか言わない。会社も自分で考えるように促してくる。

私は自分でなにかを選ぶことが苦手だ。それで失敗したら、恥ずかしいから。間違えてしまったときに、すべての責任を一人で背負うことになるから。

でも今はもう違う。

どうせ死ぬのだから、どれだけ笑われても少しの辛抱だ。だから自分の思ったような格好をすることができるし、思い切った手段を選ぶことができる。

だけど、明日死ぬことは心の支えになる。

明日まで生きることは目標にならない。

自殺を決意するだけで、こんなに毎日が充実するとは思っていなかった。

決行日。

天気は晴れているほうが自殺に向いていると思った。暑い日よりも寒い日のほうがいい。心地よい晴天の日がもっとも自殺に向いていると私は結論づけた。

これまでの人生で一番綺麗な格好をして、私はもう戻ってこない家を出る。

通勤時にはなかった爽快感と共に町を歩き、普段とは違う路線の電車に揺られて約二時間。海辺の無人駅で下車する。

潮風のにおいと波の音に誘われるまま、私はゆっくりと海沿いの崖に向かって最後の散歩を始めた。道中、立て看板がいくつもある。内容はどれも自殺を思いとどまるように諭すようなものばかりだ。

最終的に私が選択したのは先人たちを見習うという、もっとも無難な方法だった。

この崖は昔から身投げする人が多く、自殺の名所とされている。今でも多くの自殺者がいるのは、皮肉にもこの立て看板が証明してくれていた。

こういう場所なら、見つける人もある程度心構えができているだろうし、私は数ある自殺者の一人として処理される。

名もなきその他大勢に埋もれることが、一番誰にも迷惑をかけないことだという結論に至った。他にも同じような人がいるなら、私も恥ずかしくない。

それにしても綺麗だ。

ゴツゴツとしていて歩きづらいのは問題だけど、景色が良い。周囲に高い建物がないから、空が広く高い。

今日は雲ひとつない晴天だ。冷たい浜風が心地よい。

目の前が開けている。水平線を見るのなんていつ以来だろうか。

あまりの開放感に思わず両手を広げた。歌い出したいような気分だ。

だから、不意に目の前でなにかが動いたときにはすごく驚いて、思わず悲鳴を上げてしまった。

「ああ、びっくりさせてごめんなさい。海の写真を撮ってたから」

崖のすぐそばで立ち上がったのは少年だった。まだ中学生くらいに見える。崖の近くにしゃがみこんでいたようだ。手にはたしかにスマートフォンが握られている。

「ここの風景が綺麗なんで、たまに撮影してるんだ」

言い訳をするように、少年が言う。私は「そう、なんだ」と曖昧に微笑み返すのが精一杯だった。

「あ、もちろん飛び降りようとしていたわけじゃないから。友達と一緒に来てるし、僕も写真を撮ったらすぐに戻らないと」

どうやら少年は本当に写真を撮りに来ただけのようだ。

良かった。こんな少年が自殺を考えるような世の中だと悲しくなる。

安堵《あんど》感と好奇心から私は彼との会話を続ける。

「写真って、どんな？」

「夏場にこの近くで毎年お祭りをやるんだ。そのとき海で花火を上げるんだけど、ここからだとよく見えて綺麗だったんだよ。だから、お母さんと妹にここから見える空と海の写真を送ってあげたくて」

私は自分の迂闊《うかつ》さを後悔した。

大勢の人にとっては自殺の名所でも、この子にとってはかけがえのない思い出の場所だ。そんなところで自殺者が出たとすれば、この子はどう思うだろう。間違いなく迷惑をかけてしまう。

でも私は、今日ここで死ぬために準備をしてきた。今さらやめられない。

どうすればいいんだろう。

私が答えを出せずに考え込んでいると、少年は出し抜けにとんでもない質問を口にした。

「お姉さんは自殺するためにここへ？」

あまりのことになにも言えずにいると、少年はなんてことのないように続けた。

「そんなに綺麗な格好してこんなところにいたら、すぐにわかるよ。僕のお母さんも、死のうとするときはよくオシャレをしてたから」

少年は首に巻いた赤いマフラーを両手で揉むようにして整える。

「ここが自殺の名所だっていうのも知ってる。だから大丈夫。止めたりしないよ」

「でも私がここで死んだら、迷惑じゃないの？　あなたにとっては大切な思い出のある場所なんでしょ？」

「それはそうだけど……」

少年は困惑したように口ごもると、やがてかすかに微笑んだ。

「自殺って、もっと周りが見えなくなった人が選ぶ手段だよ。お姉さんみたいに、周りのことが気になる人には向いてないんじゃないかな」

「でも私、生きていても周りに迷惑をかけるばっかりだし……だからせめて死ぬときくらい、誰にも迷惑をかけないようにちゃんとやろうと思って」

「そうなんだ。でも誰にも迷惑をかけないで死ぬなんて、誰にも迷惑をかけずに生きるのと同じくらい難しいと思うけど」

少年はスマートフォンをポケットにしまうと小さくお辞儀をした。

「あんまり邪魔すると良くないからもう行くよ。足元気をつけて、っていうのも変な話だけど」

慎重に歩く少年はすれ違うときに「あ、そうだ」と立ち止まった。

「もし気が変わったら、次は夏に花火を見に来てよ。ここからだとすごく綺麗に見えるから」

じゃあね、と言って少年は今度こそ去っていった。

望み通りようやく一人になることができた私は、少年の忠告に従って転ばないように海の方へと歩いていく。

崖の突端から足元を見下ろす。はるか下で波がぶつかり、激しい音を立てながら白く砕けている。尖《とが》った岩場は口を開いて待ち受ける、怪物の顎のように見えた。

後ろを振り返る。歩きづらい岩場の向こうには、見慣れない町へと続く道が伸びている。迷路のようで、その向こうになにがあるのかわからなくて恐ろしい。

死んだほうがいい。

最低限の人に迷惑をかけても、やり遂げるべきだ。今さら引き返しても、仕事はないし実家には帰れない。貯金だってほとんどない。生きるための目標だってない。でもまだ引き返せる。

どうせ迷惑をかけるなら、少年が言ったみたいに生きるのもいい。今は誰の役にも立てない私だけど、今後どこかの誰かを幸せにできるかもしれない。今ここで死ぬよりも、生きていたほうがまだ迷惑をかけずに済む可能性もある。

答えが出せなくて、前にも後ろにも踏み出すことができない。

いっそ誰か別の人に決めてほしかった。

親でも赤の他人でも誰でもいい。

その人が死ねと言えばすぐに飛び降りるし、生きろと言ってくれれば引き返せる。私一人ではどこにも行けない。

だから誰でもいいから、私の代わりに決めてほしい。

そのとき、全身が震えるようなかすかな音が響いた。

自分の胃が空腹を訴えるように鳴ったようだ。

そういえば、今日はまだなにも食べていない。こんなときでもお腹は空くみたいだ。

そのことがおかしくて、かすかに笑ってしまう。

そして私はゆっくりと、自分が前だと思った方に一歩を踏み出した。

話せるけれど通じない

ジョナサンはオスのインコです。大好きなお姉さんと二人で暮らしています。

お姉さんは会社員なので昼間は家にいません。日が暮れた頃にいつも、疲れた顔をして帰ってきます。

「ただいま、ジョナサン」

『ドーナツ食べたい』

ジョナサンはお姉さんの言葉を真似《まね》します。それがジョナサンにできる精一杯の愛情表現です。好きだよ、愛してるよ、心配してるよ、というすべての意味を込めて、普段お姉さんが口にする言葉を真似します。

「変な言葉ばっかり覚えちゃったね」

ジョナサンがお姉さんの声を真似ると、彼女はいつも嬉しそうな顔をします。だから自分の愛情は伝わっているはずだと、ジョナサンは思いました。

「ねぇ、ジョナサン。友達ってどうやって作るんだろう」

仕事から帰ってきたお姉さんは、ジョナサンを話し相手にしてぼやきます。

ジョナサンに言葉の意味は伝わりませんが、お姉さんの声を聞くのは好きでした。

「就職のために実家から出てきたんだけど、今は本当に働くためだけに生きてるって感じ。こっちには友達もいないしさ、恋人だってできないし」

『かっこいい、ジョナサン。ジョナサン、かっこいいね』

「うん。そうだね、ジョナサンはかっこいいよ。いつもキリッとしてる。インコにしておくにはもったいないくらい聞き上手だし」

お姉さんはスマートフォンを手にします。そこにメッセージの受信はありません。

「最近はアプリとかSNSで他人と交流する方法もあるんだろうけど、なんかそれって怖いんだ。顔の見えない相手とやりとりするのに抵抗があるっていうかさ。だから、アプリで占いをするのが精一杯。でもそれで友達ができるわけでもないし」

『仕事、行きたくない。行きたくないよー』

ジョナサンはお姉さんの言葉を真似て話し続けます。一方のお姉さんも、指先でいつものアプリを操作しながら、ジョナサンに話しかけます。

スマートフォンの画面では羊が明日の運勢を占ってくれていました。なかなか良い内容が書かれていますが、お姉さんは喜んでいません。

「かといって、職場の人に仕事以外のことで話しかけて、引かれたらどうしようとか。そう思うと、顔の見える相手ともうまくコミュニケーションを取れなくてさ。子どもの頃は、なにも意識せずに新しい友達ができてたのに、おかしいでしょ」

『この体重計壊れてる。体重計、絶対壊れてる』

「誰かにジョナサンのこと自慢したいのにね。そんな話をできる相手もいないんだ」

普段はジョナサンが話しかけるとお姉さんは元気になってくれます。

けれど今日のお姉さんはやっぱり憂い顔です。

自分の愛の言葉でも元気づけることができないなんて、とジョナサンは愕然《がくぜん》としました。

「寂しいのに、でも臆病だから自分から手を伸ばすこともできない。私って弱虫だね、ジョナサン」

お姉さんは沈んだ声でそうつぶやくと、おやすみも言わずに眠ってしまいました。

ジョナサンは愛するお姉さんが心配で、眠ろうという気分には到底なれませんでした。

翌朝になっても、お姉さんは元気がありませんでした。

「じゃあ行ってくるね、ジョナサン」

『ドーナツ。ジョナサン、ドーナツ好きー』

普段なら「食べたことないでしょ」と返事をするお姉さんでしたが、今日は気分が落ち込んでいるせいか、そのまま玄関を出ていってしまいました。

ジョナサンはインコなので、お姉さんの言葉も気持ちもよくわかりません。でもいつもと違う様子が心配でした。

あまりにも心配なので、出かけたお姉さんを追いかけようと決意しました。

ジョナサンは普段お姉さんが留守の間、家を守る仕事をしています。しかし今日は緊急事態です。家にはいられません。

とはいえ、ジョナサンはカゴの中。お姉さんがカゴを掃除するときだけは部屋の中を自由に飛び回れますが、今は無理です。

でもそんなものは障害にはなりません。ジョナサンの心は熱く燃えています。

まずジョナサンはくちばしを使って、カゴをかじってみました。いつもお姉さんが開けてくれる場所を狙います。

しばらく繰り返すと、突然勢いよくカゴの一部が外側に倒れました。大きな音に驚きましたが、これで外に出ることができます。

無事にカゴから出たジョナサンはお姉さんが出ていった扉の方に向かおうと思いました。

ですが、そのときふと背後から風が吹いてくるのを感じました。

ジョナサンが振り返ると、窓が少しだけ開いていました。お姉さんが閉めるのを忘れたまま出かけてしまったのです。

出かける前に窓とガス栓のチェックを欠かさないお姉さんですが、今日はよほど気分が沈んでいたのでしょう。

しかしそれはジョナサンにとってはチャンスでした。

春の穏やかな風に導かれて、ジョナサンは外の世界へと飛び出しました。キラキラと輝く日差しと様々な音が、勇敢なジョナサンの旅立ちを祝福します。

ジョナサンはとても視野が広く、また視力も良いです。首もたくさん動きます。それらの能力と立派な翼をもってすれば、お姉さんを探すなんて容易いことです。

あっという間に、道を歩いているお姉さんを見つけることができました。他にもたくさん人がいますが、どんなときでもジョナサンにはお姉さんがこの世で一番美しく見えます。

街路樹の上で時々羽を休めながら、ジョナサンはお姉さんを追いかけました。

ジョナサンは外の世界を知りません。ですが、お姉さんに元気がないのはきっと敵がいるせいだと見当がついています。それ以外に落ち込む理由が思いつきません。

きっと羽の大きな、意地悪な鳥が外でお姉さんをいじめているんだとジョナサンは考えていました。それなら、自分がその敵を倒せばお姉さんは元気になるはずです。

さて、お姉さんの敵はどこにいるのでしょうか。

ジョナサンは強くはありませんが、しかし大切なものを守るためならばと戦う勇気がみなぎっています。敵をつついて、かじって、引《ひ》っ掻《か》いて、打ち倒すのです。敵の姿を想像するとちょっとだけ恐ろしくなりますが、お姉さんのためなら大丈夫です。

そんな風に考えごとをしていたせいでしょうか。

一瞬目を離した隙にお姉さんを見失ってしまいました。ジョナサンは混乱します。もしかしたらお姉さんは風に飛ばされて、どこか遠くへ行ってしまったのかもしれません。ジョナサンは心配になりました。

お姉さんは自力では戻ってこれないのかもしれません。やはり自分がお姉さんを助けなければ。

ジョナサンは勇ましく翼を広げて、再び飛び立ちます。

「あ、インコだ」

「え、なんでインコが？」

「かわいいね、おいでおいで」

道中ジョナサンに気づいた人たちが様々な言葉で声をかけてきます。

でも、ジョナサンは気にもとめません。ジョナサンはとても一途《いちず》なインコなので、彼が言葉を発するのは愛するお姉さんのためだけです。

そんなジョナサンをもってしても、お姉さんを見つけることはできませんでした。

出発したときはまだ東の空に浮かんでいた太陽が、真上からジョナサンを照らしています。さすがのジョナサンも疲れてきました。

心持ちがいかに立派であっても、基本的にカゴの中で過ごしているジョナサンはあまり体力がありません。喉も渇いたし、お腹も空きました。

疲れていたせいで少し気が緩んでいたのかもしれません。

次の瞬間、さっきまで見えていた空がぱっと消えてしまいました。

どうやら、なにか大きな袋のようなものを被《かぶ》せられてしまったようです。ジョナサンは翼を必死に動かして抵抗しますが、羽根が抜けるばかりでどうにもなりませんでした。

ジョナサンはもうお姉さんと会えないかもしれません。

そのことに気づいたとき、ジョナサンはとても悲しくなりました。

せめて最後に精一杯の愛を伝えようと思いました。

たとえ二度と会えなくても、これからは傍《そば》にいられなくなっても、自分はいつもあなたのことを想《おも》っていると、どうにかしてお姉さんに伝えなければなりません。

『ドーナツ食べたい』

『花粉症つらい』

『おやすみ、ジョナサン』

お姉さんが教えてくれたたくさんの言葉で、ジョナサンは愛を叫び、そしてぐったりとうなだれました。

どれくらい時間が経ったのでしょうか。

突然ジョナサンは解放されました。そっと優しい手付きで入れられたのは、住み慣れたカゴの中でした。

「良かった、ジョナサン」

見上げると、愛しのお姉さんが泣いていました。

ジョナサンは未《いま》だに事情がよくわかりません。

お姉さんはカゴごとジョナサンを抱きしめて、しばらく感動に打ち震えていましたが、ふと我に返ると傍らにいる見知らぬ女性に何度もお礼を言いました。その女性は目が覚めるようなまばゆいピンク色の髪をしていました。

お礼を言われている女性は巾着袋を手にしています。どうやらこの人がジョナサンをお姉さんのところへ連れてきてくれたようです。

「もう、ジョナサン。大変だったんだからね」

ピンクの髪の女性が帰った後、お姉さんはジョナサンに向き直ります。

実はお姉さんは通勤に地下鉄を使っていました。

そのため階段を降りて、地下の駅に向かってしまったのです。ジョナサンがお姉さんを見失ったのはそれが原因でした。

しかし、お姉さんは駅で忘れ物に気づき、一旦家に帰ったのでした。

そのときジョナサンの不在に気づいたのです。

「慌てちゃって、もう近くにいる人みんなに声をかけちゃったよ。知らない人に声をかけるのも、今日は怖くなかった。ジョナサンが見つからないほうが怖かったから」

そうして見つけてくれたのが、近くの雑貨店で働いているさっきの女性でした。

「でも親切な人がたくさんいて、良かった。知らない人は、怖い人ばっかりじゃなかったよ。さっきの人も、またジョナサンに会いたいって。お友達になれちゃうかもね。これもジョナサンのおかげかな」

長い話の締めくくりに、お姉さんはジョナサンに指先で触れました。

「無事に帰ってきてくれて嬉しいよ、ジョナサン。もうどこにも行かないでね」

ジョナサンにはお姉さんの言っていることがわかりません。だけど、今日のお姉さんはとても嬉しそうでした。今朝よりもずっと元気そうです。

これはきっと自分が冒険したおかげだろうと、ジョナサンは誇らしく思いました。

だからジョナサンは今日もきちんと彼女に愛をささやくのです。

『ドーナツ食べたい』

自分の顔を剝がす

私は自分を殺し続けてきた。

あなたは不細工なんだから、と母はよく口にする。

物心がついた頃から日常的に、私が成人した今でも、まだ母は枕詞《まくらことば》としてよく使う。

母はたしかに美人だ。子どもの頃から参観日のたびに話題になっていたし、今でも五十代とは思えない美貌だと思う。

それに引き換え、私はその遺伝子を驚くほど引き継がなかった。

母のように鼻が高くないし、指も短い。くっきりとした二重じゃないし、背もずっと低いままだ。

そんな私を心配してか、母は幼い頃から私のやることすべてに口を出してきた。

付き合う友達、通う学校、着る服、使う文房具、見る番組、読む本、口にする食事、歩く道など。私が接するものはすべて、母という分厚いフィルターを無事に通過してからでないといけない。

外食は身体に悪いからダメ。アニメを観たら幼稚になるからダメ。流行りの音楽はうるさいだけだからダメ。小説は性描写や残酷な表現があるからダメ。漫画を読むと成績が下がるからダメ。

そんな風にして育った私は、外食はほとんどしたことがなく、テレビはニュースかドキュメンタリー、本はノンフィクションのものしか触れることが許されなかった。

そのことに違和感を覚えたのは遅く、中学生になってからだ。とにかく同級生と話が合わない。それで、自分の家が特別厳しいことに気づいた。こんなおかしなルールがある家はうちだけだと、私は叫んだ。多分、初めての反抗期だった。

すると母は泣いた。母子家庭で、寝る間を惜しんで働いて、必死に育ててきた娘になぜ否定されなくてはならないのかと泣いた。

いつもは毅然《きぜん》としていて怖い母だけれど、私が言い返すとすぐに泣く。相手が誰であろうと泣かせるのは気まずい。ましてや親ともなるとなおさらだ。

私は母が嫌いではない。もちろん「あなたは不細工なんだから」と言って、行動を縛られるたびに傷つくし、やりたいことを我慢するのはつらい。

だけど、それでも母は特別だ。

一人で私を産み、看護師として立派に働き、それでいて子育てもしている。

私は衣食住で不自由したことは一度もないし、私立校の高い学費も出してもらっている。母が泣いて怒ることもあったけれど、手を上げられたことは一度もない。

そこまでしているからこそ、母は私に関して少しでも思い通りにならないことがあると悲しくてたまらないのだろう。

母は自分が世界で一番不幸だと思っているようだった。

母を取り巻くこの世のものはすべて、彼女に理不尽を押し付け、不平等を強い、不自由にする。どんなときだって母に落ち度はなく、いつだって被害者だ。

母が泣くのを見たその日から、私は母の教えに逆らわないことにした。

母が付き合うなと言えば友達との交友関係も断ち切ったし、成績は常に上位を保ち、放課後は寄り道せずにまっすぐ帰宅する。求められる模範的な生活を続けている。

息苦しいとは思う。

母と接するときの自分は、息を止めているのと同じだ。自分の考えや感情を押し殺して、母の機嫌を損ねないような言葉や態度を慎重に選んでいる。だけど苦労している母を泣かせるよりかは、自分を殺し続けたほうがマシだ。母もそれを望んでいる。

そして私は今、大学生になった。

今の私に許されている自由は、幼い頃とあまり変わらない。

大学ではサークルに所属することは許されず、ゼミの飲み会も当然欠席だ。勉強をするために高い学費を支払っているのだからそれ以外のものは必要ない、というのが母の主張で、それはきっと正しいのだろう。

だから大学では孤立している。最初は熱心に話しかけてくれた人も、付き合いの悪い私に対して見切りをつけて、次第に離れていく。これまでの学校生活で繰り返されてきた体験が、大学生活でも再放送されている感覚だ。

私は講義室の隅で本を広げて、教授の到着を待つ。

そうしていると同じ部屋にいる人たちの会話が聞くともなしに聞こえてきた。

中でも気になったのは、とあるアプリの噂だ。その占いアプリは、どんな願いでも叶えてくれるらしい。

昔の私と今の私で違うことも少しはあって、それはスマートフォンを持っていることだった。レポート作成のために一応SNSも開設したことがある。

もちろん、利用には制限があって、私が自由に扱えるのは外にいるときだけだ。帰宅したら、母に返す必要がある。パスワードもかけていないし、中身は頻繁に確認される。

私は本の陰に隠すようにしてスマートフォンを操作し、周りで噂になっている『孤独な羊』という占いアプリをインストールする。時間がないので適当に利用規約を読み飛ばして、利用を開始する。基本的には羊が毎日の運勢を占ってくれるアプリのようだが、気になっているのはそこじゃない。

深夜に長時間アプリを起動していると、なんでも願いを叶えてくれる黒羊が登場するらしいのだ。

ちょうど今日は母が夜勤の日だ。

だから帰宅して、母にまっすぐ帰ってきたことを伝えるメッセージを送った後は『孤独な羊』を起動したままにした。

あんな噂を信じるなんて自分でもどうかしていると思う。

でも期待感で変に昂揚《こうよう》してしまって眠れない。どうせ眠れないなら、アプリを触っているしかない。そう自分に言い訳をした。

画面を見つめる。たくさんの白い羊の中に様々な色のついた羊が現れるけれど、白以外は群れではなく一匹ずつだ。だからアプリの名前が『孤独な羊』なのかもしれない。これだけたくさん羊がいても、互いに仲が良いわけではないのだろう。

そうして日付変更線を過ぎた頃。ついに黒い羊が現れた。その特別な一匹を捕まえると、たしかに願いを書き込むページが現れた。期待していたとおりのことが現実になった興奮で、高鳴る鼓動を抑えられない。

本当にどんな願いも叶うとしたら、私の願いはきっと一つに集約できる。

私はアプリに「もう自分を殺したくない」と入力する。それから「少しでいいから別人になりたい」とも付け足した。

一生じゃなくていい。

ほんの短い時間でもいいから、これまでの自分や母のことを忘れて、なんの制限も感じずに過ごしてみたい。

自分のことを、自分の意志で決めてみたい。

そうすれば見慣れた景色も違って見えるだろう。

もちろんこれは無理な願いだ。仮に噂が本当だったとしても、実現できる願いには限度があるだろう。

人の生い立ちを変えることなんて、誰にもできるはずがない。

実際に黒い羊を見つけて願いを書き込むと興奮も落ち着き、すっかり気分は冷めてしまった。非現実的なものに時間を費やしてしまったことへの後悔もある。

でも期待だけがかすかに残っていて、私は結局アプリを削除することができなかった。

母に見つかったらメディア論の講義で必要だと答えよう。それはウソではない。

アプリから反応があったのは、翌日のことだった。

『黒い羊があなたの願いを叶えました』

そんな通知と共に、本日のラッキースポットと題された地図を黒羊が持ってきてくれた。

そこに行ってみたい気持ちはあるけれど、私には自由になる時間が少ない。講義を休むわけにはいかないし、終わればすぐに帰宅しなくてはならない。

そんな折、教授の都合で講義の一つが休講になった。

このタイミングしかない。私はアプリが示すラッキースポットへと急いで向かった。

大学から駅へと向かい、そこから普段とは違う電車に乗る。

母の許可も得ないまま、得体のしれないアプリの指示に従って移動している。

あらためてそのことを認識すると、後ろめたさと解放感が入り混じった不思議な気分だった。

電車を降りて、人の多い繁華街へとたどり着く。ラッキースポットとしてアプリに表示されたのは、駅近くのビルの地下だった。

看板には喫茶店と書かれている。私が手動の扉を押して開けると、軽快なベルの音が鳴った。

「いらっしゃいませ。あれ、珍しいところで会うね」

接客に現れた男性は、なぜか新選組の羽織《はおり》を着ていた。シックで落ち着いた間接照明が照らす店内で、明るい水色の羽織が若干浮いている。

それだけに相手の顔を見るのを忘れていた。口ぶりからすると顔見知りのようだけれど、私に異性の知り合いはほとんどいない。

「あ、覚えてない？　ほら同じゼミの石川《いしかわ》だよ」

名前を聞いてようやく思い出した。

たしかにそんな名前の人がゼミにいた気がする。

「それにしても、意外だね。君はこういうの嫌いなタイプだと思ってた」

「ここって、どういうお店なの？」

「知らないで入ってきたの？　なら説明するよ。一名様ご案内」

石川くんに案内されて店の中を進む。そこで私はもう一度驚かされた。

教室ほどの大きさの店内で接客している店員さんは、みんな変わった格好をしている。丈が長く可愛らしいドレスを着た女性や、マントをたなびかせる男性、和装洋装問わず、様々な服を着た店員さんがいる。

お客さんは普段着の人も多いけれど、中には店員さんのように変わった衣装を身につけている人もいた。

「ここはいわゆるコスプレ喫茶ってやつだよ。コンセプトカフェとも言うかな」

テーブル席に案内してくれた石川くんは、メニューを差し出しながら教えてくれる。

「大抵はメイドとか執事とか内容を絞ってるんだけどこの店は手広くやっててね。だから雰囲気にまとまりがない。そこが面白いんだけどさ」

たしかにお店の中は文化祭のような、混沌《こんとん》とした楽しさで満ちている気がする。私は母の言いつけで、文化祭にはあまり参加できなかったので想像なんだけど。

「石川くんはここで働いてるの？」

「そう、バイト。普段は掃除と制服の管理をやってる。今日は人手が足りないからフロアもやってるけど、衣装は着るより作るほうが好きなんだよね。あ、ご注文は？」

石川くんに促されてメニューに視線を落とす。

ドリンクと軽食が写真付きで並んでいるが、どれも値段は高めだ。

「じゃあ紅茶を」

と、注文したときにメニューに書かれた『記念撮影』という文字が気になった。

「あ、そうそう。店員と一緒に写真を撮ったり、自分の撮影もできるよ。衣装は店が貸してくれる。別料金だけど、興味あるなら一回着てみる？」

「いや、でも……」

「大丈夫、法外な値段を請求したりしないから。会員カード作ったら初回無料だし」

「でも、私……」

あなたは不細工なんだから。

母の声が耳の奥でこだまする。

スカートは似合わない、明るい色は似合わない、長い髪もダメ。恥ずかしい思いをするのはあなたなのよ。お母さんはあなたのために言ってあげてるの。わかるよね？

どれも子どもの頃から母に何度も言われてきたことだ。

わかっている。

私のことを本気で考えてくれているのは母だけだ。

だから母の選んでくれた服以外を着ることが、怖い。

だけど。

視線が石川くんを通り抜け、奥で接客をしている女性の店員さんに吸い寄せられる。

あんな風にスカートをはいて、爪を鮮やかな色に塗って、かわいいリボンをつけてみたい。

「あ、そっか。同性の方がこういう話はしやすいに決まってるよね、ごめんごめん」

石川くんは私の視線を勘違いしたようだ。別の店員さんに声をかけると、羽織袴《はかま》姿の女性がこちらに来てくれる。

「どうしたの？」

「こちらのお客さんに貸衣装のサービスをお願いします。僕、衣装を触るのは好きだけど、女子のメイクはさっぱりなんで」

「いいよ、任せて」

「あ、あの……」

私がなにかを言う暇もなく、女性の店員さんは私の手を優しく取ってくれる。

「ここのお店、たくさん衣装があるから気に入るものが一つくらいはあるはずだよ」

子どものように無邪気な笑顔で、店員さんは言った。そのほっそりとした指から体温が伝わってくる。

店員さんに手を引かれて、私は隣の部屋に行く。

　そこにはハンガーにかけられた数え切れないほどの衣装があった。試着室のような更衣スペースもいくつか用意されている。

「えっと、ここらへんは制服っぽいの。こっちはドレス系、魔法少女とかアニメ系はここ。執事服とかのかっこいい系はあっち。あなたはどんな服が好き？」

「私は……こういうの、着たことないから気になって」

　私は目立つところにあった青いドレスを指差す。

　淡い照明を受けて、キラキラと輝いている。たくさんの服の中でも、それだけが浮かび上がるように私には見えた。

「でも、私には似合わないだろうし……」

「大丈夫。まず好きな服を着て、似合うかどうかはそれから考えればいいの。そのうち、自分に似合う好きな服を選べるようになるから」

　店員さんに優しく話しかけられると、なんだかそれを信じてしまいそうになる。

「あ、そうだ、お化粧もしないとね。せっかくだから一緒にウィッグとかも選んでみない？　楽しいよ」

　私は店員さんに導かれるまま、様々なものを選んでいく。

　自分でなにかを決めて、それを誰かに手伝ってもらうのは初めての体験だった。この店を訪れてから、私は自分が知らなかったことにばかり触れている。

一時間半ほどが経って、大きな姿見鏡の前に立ったとき私は声を失った。

大きくぱっちりとした目、長いまつげ、血色の良い頰、つややかな唇に立体感のある鼻。肌荒れや顔の毛穴は消えている。ヒールを履いたおかげで普段よりも背が高い。

ウィッグのおかげで、ゆるくウェーブしたブロンドのロングヘアーになった自分は誇張なしに別人のようだった。

本当にここではないどこかのお姫様がそこにいた。

だけど私がまばたきをすると、鏡の中にいる女性もまばたきする。身体を動かせば同じように動く。それが自分であることの証明だった。

私が生きている。

そのことが嬉しくて、身体が震える。

まるで初めて鏡を見た子犬のように、私は鏡の向こうにいる自分といつまでもじゃれ合っていたかった。

私と石川くんは、その日からよく話すようになった。

石川くんは私にとって初めての異性の友達だ。

母が知ったら激怒するだろう。母は男の人が嫌いだから。

多分、私の父親のことが関係しているのだと思う。とにかく母は私が異性と近づくことを極端に嫌い、中高は女子校を選んだ。大学もそうするかどうか悩んだようだったが、結局は共学の有名私立大学への進学を指示した。

でもそれは父が悪いのであって、男の人全体ではないと思う。

少なくとも私は石川くんと話すのが楽しい。時々早口でしゃべるのはうっとうしいと思うときもあるけれど、そこも含めて面白い人だ。

「僕はかわいい服が好きなんだ。ドレスの色合いを考えて、それに合う靴のデザインを想像して、身につける小物まで含めてコーディネートしたい」

「自分が着たいんじゃなくて？」

「着たら見れないじゃないか。僕は自分のコーディネートを誰かに着てほしい。こういう風に言うと、着せかえ人形扱いしていると思われるかもしれないけど」

「いいんじゃないかな。嫌がってる人に着せるわけじゃないんでしょ？」

「当然だよ。どんな服でも、着たい人が着たいように着るべきだ」

本当は服飾を学べる学校に進学したいと希望していたけれど、家族に反対されたそうだ。そのため大学を卒業してから学ぶつもりらしい。

私が母に「不細工なんだから」と言われたように、石川くんは家族からよく「男のくせに」と言われたと教えてくれた。誰にでもそういう経験はあるのかもしれない。

石川くんも、かわいい服が好きだと話せる相手がいるのは嬉しいと言ってくれた。

生まれも育ちも性別も違う私たちだけど、どこか似ている。

そのせいか、今まで口にできなかったことも石川くんが相手なら話すことができた。

「お母さんは、男に媚《こ》びを売るような格好をするなって言う。でも、そういうのとは関係なく、私はかわいい格好をしてみたい」

「着たい服がイメージできることは、適当に服を着るだけの日々よりもよほど有意義だ。なにより、オシャレは万人に与えられた権利だからね。大切にしたほうがいい」

石川くんの考え方は私とも母とも違う。それが新鮮だった。

私たちはそれからたくさんの話をした。

自由になるお金も時間も少ないけれど、どうにかやりくりしてお店にも通った。石川くんとどんな服で、どんな写真を撮るかを相談している時間が一番楽しかった。

でも、それが母に見つかるわけにはいかない。

昼食代として渡されたお金を少しずつ貯《た》め、テキスト代として渡されたお金を中古のテキストを買うことで浮かせる。こっそり買ったコスメは、一人暮らしをしている石川くんの部屋に置かせてもらった。

大学生になって、あのお店に行って、私は初めて母に隠し事ができた。

それだけでも、死体のようだった自分が変わりつつあるんだと感じる。

そんな風にして半年が過ぎた。

春だった季節はすっかり秋になっている。

「いつまで隠しておくつもりなの？」

「なに、突然」

その日、いつものように大学で会った石川くんは世間話の流れで急に言った。

「そろそろお母さんに話して、わかってもらったほうがいいんじゃないかと思って」

「コスメ置かしてもらってるの、迷惑？」

「そういうことじゃなくてさ。好きなことをコソコソやるのってつらいよ。特に相手が家族なら、今後も一生付き合っていくしかないわけだからさ」

石川くんはいつになく真剣な顔をしていた。

「って、偉そうなことを言ってる僕も親に理解してもらってるとは言えないんだけどね。余計なお世話だったらごめん」

「ううん、ありがとう。気持ちは嬉しいよ。でも、私のことをお母さんにわかってほしいと思ったことはないんだ」

私がどんな気持ちでいたか。

本当はどうしたかったのか。

そんなことを母に伝えてどうなる？

母が自分の非を認めて「今までごめんなさい」と謝ってくれるだろうか。

そんなこと起きるはずもないし、私も望んでない。

第一、母になにかを償ってほしいと思ったことはない。変わってほしいと考えたこともない。

あの人はいつも子どもを思いやっている良い母親。

そう思っていたいのだから、それで別に構わない。私の鬱屈や屈託を理解してほしいと望むのは贅沢《ぜいたく》だ。

「でもバレたらどうするの？」

「それは怖いところ」

秘密を隠し通せるか、という点は不安がある。

もしも隠していることがバレたら、そのときどうなるかを想像したくない。

そういう意味では、石川くんの言う通り自分から明かしておいたほうがいいのかもしれない。迷う。

「じゃあ、石川くん。私に協力してくれる？」

ちょうどもうすぐ学園祭だ。そこで私は、自分自身を試してみることにした。

学園祭当日。

石川くんと一緒に考えた作戦は、練りに練った結果シンプルなものに落ち着いた。

母には研究発表を見に来てほしいと頼み、発表後喫茶コーナーで合流する約束をする。

そこに私は、変身した姿で会いに行く。

その場で気づかれたら母に私の秘密を明かし、気づかれなかったらこのまま隠し通す。

そういう計画だった。

でもいざ本番となると不安になる。

「大丈夫かな。私、変じゃない？」

「大丈夫だよ。学園祭だから仮装している人は他にもいるし、浮いてない。最高の出来栄えだよ。さすが、僕の縫ったドレスだ」

「ウソでも今くらい私を褒めたほうがいいんじゃないかな」

「その役目は君のお母さんに譲るよ」

今日身につけている衣装は、石川くんのお手製だ。

彼はバイト代の一部を自作の衣装製作に使っている。私もお金を払うつもりだったけれど石川くんは「初回無料」と言って受け取らなかった。

着てくれる人がいるだけで嬉しい、とも。

これは今日の計画のために、石川くんが私のサイズに合わせて、私の希望を聞いて、意見を戦わせて作った特別な服だ。

私が母と向き合うための戦闘服と言ってもいい。

「大丈夫。それは世界に一着、君のためのドレスだ。それさえ着ていればなにもかもがうまくいくよ。君はただ、自信をもって堂々とその姿を見てもらえばいいんだ」

「うん、頑張る」

石川くんに送り出されて、私は前に踏み出す。

数メートル先の母のもとへ一歩ずつ近づいていく。石川くんがお店で借りてきてくれたかかとの高いヒールがコツコツと音を立て、長いウィッグが風になびく。

母はこの姿を見たら、最初になんて言うんだろう。

隠れてこんな格好をしていたことを叱るだろうか。

でも、意外と似合うと褒めてくれるかもしれない。お化粧も覚えた。石川くんが綺麗な衣装も作ってくれた。これだけの格好をしているのだから、母はもう私のことを不細工と言わなくなるかもしれない。

ベンチに座っている母の隣に腰を下ろす。

母はこちらを一瞥《いちべつ》して、言った。

「すみません、もうすぐここに娘が来るんです」

だからそこには座らないでくれ、という迷惑そうなトーンの言葉だった。私が遅いことに母は苛立っているようだ。

「……ごめんなさい」

そう言って私は立ち上がる。

声を出したらさすがにバレるかと思ったけれど、母はなんの反応も見せなかった。

つまり母は、私であることに気づかなかったわけだ。

私は着替えるために石川くんのところへ早足で戻る。

慣れないヒールで転びそうになったけど、足を止めない。

母がわからないくらい、私は見事な別人になりきれた。そういう喜びがある。

母が私の正体を見抜けなかった。そういう悲しさがある。

私にとって母はずっと特別だった。隠し事はできなくて、まるでもう一人の自分のような存在だった。

だけど、違う。

母は思ったよりも普通の人だったみたいだ。

「私の勝ち」

待っていてくれた石川くんにピースサインを作って笑いかける。

でもその笑顔がぎこちないことを、彼は見抜いてしまったみたいだ。

石川くんは複雑そうな顔をして言った。

「君は綺麗だよ」

多分、母の代わりに言ってくれたのだと思って、私は心優しい友人に感謝した。


急いでメイクを落とし、母が選んだいつもどおりの服装に着替え、石川くんにお礼を言って、次の待ち合わせを決めてから別れる。

喫茶コーナーに行くと母は厳しく私を出迎えた。発表の出来について批評し、同じゼミの子を批判し、浮かれた文化祭に文句をつけて、それから並んで帰宅する。いつもどおりの母だ。

だけど私の心だけがいつもとは違う。

帰り道で、私は母に聞こえないよう、胸の中で決意を告げる。

お母さん、私はあなたを騙し切ることにしました。

自分は子どものことをなんでも理解している良い母親だったと、そう思い込んだまま幸せに死んでいってください。娘に騙された可愛そうな被害者でいてください。

きっとどれだけ言葉を尽くしても、私のことをわかってはくれないでしょう。私もそうです。お母さんの考えが理解できません。

でも、それは決して珍しいことではないのでしょう。あなたと私は親子ではあっても、違う人間です。

今でも感謝しています。

お母さんのことは大好きです。

だからといって、わかり合えるとは思いません。

けど、わかり合えないからといって、憎しみ合う必要もありません。いがみ合うことも、ましてや殺し合うこともないでしょう。

親子だから本当のところをわかり合うべきだなんて、ひどい誤解です。そんな夢物語を期待するから、うまくいかないのでしょう。

私とお母さんは表面的には穏やかに、でも本当のところはわかり合えないまま、仲良く生きていきましょう。

近いうちに私は家を出るでしょう。でも、これまでどおりあなたのことは傷つけないように努力します。あなたのおかげで私は幸せで、立派になれたという顔をして、これからも生きていきます。

私の本当の姿。

本当の望み。

本当の心を、あなたに見せることは永遠にありません。

だから、さよならお母さん。
これからもわかり合えないまま、幸せに生きていきましょう。

希望が砕け散った夜に

弟の太陽《たいよう》が死んだのは、秋のことだった。

その日の太陽は、朝から具合が悪そうだった。

でも、元々病気がちな弟だったから、俺はすでに太陽の体調不良に慣れてしまっていて、そう深刻に捉えなくなっていた。

だから週末には病院の予約を取ってあるから、と言ってあいつをなだめた。それでもあんまり寂しがるから、俺の部屋で寝てもいいと伝えて、学校に行った。

そして太陽はそのまま死んだ。

俺の部屋で嘔吐したまま息絶えた弟は苦しそうで、安らかな顔をしていなかった。

＊＊＊

扉をノックする音が聞こえて、俺は思わず顔をしかめた。

廊下から扉をへだてて、母が俺を呼ぶのがかすかに聞こえる。

俺はパソコンのキーボードから手を離し、装着していたヘッドホンを頭からむしりとる。長く座り込んでいたせいか、足がしびれて立ち上がるのに手間取った。

「なに、どうしたの」

「返事がなかったから心配で……ごめんね、もう寝てた？」

時計をちらりと見る。

午後十一時。まだ寝るような時間じゃない。

「お父さんが寝たから、お風呂とかトイレとか使えるよって伝えたくて」

「大丈夫だから。母さんは明日も仕事あるんでしょ。もう休んだら」

「う、うん。そうね、ありがとう。おやすみなさい」

「母さん」

扉は開けないまま、俺は言った。

「俺のことはいないと思ってくれていいから」

父さんみたいに、とは付け加えなかった。

母も返事はせず、ひたひたという足音が遠のいていくのを扉越しに感じ取る。

はぁ、と大きく息をついた。一日中、声を出していなかった口は短い会話でも疲労を訴えてくる。舌の付け根がぼんやりと重く、口の中が粘つく。

振り向くと、自分の部屋の現状が見えてしまった。

衣服の散乱したベッド、部屋の隅にはゴミをまとめたビニール袋が固めてあり、本棚はホコリをかぶっている。もう何年もあけていないカーテンのそばで、俺は照明もつけずに過ごしていた。

学習机の足元にはパソコンが置かれ、今も低い駆動音を鳴らしている。

部屋の真ん中にしゃがみこむと、さっき外したヘッドホンを再びつける。

弟の太陽が死んだこの部屋に引きこもるようになって、どれくらい経つだろうか。

父はすっかり俺のことを諦めてくれた。

引きこもりになった当初は扉越しに俺を叱咤《しった》激励し、外の世界へ連れだそうとしていた。俺の同級生の名前を出して、その子は立派に大学に進学したとか、母子家庭でお前より苦労しているのにとか、そんな話をしていた。

でも今はもう随分声も聞いていない。

最後には感情的な言葉で俺をなじってそれきりだ。

気の毒な母は、厳格な父と引きこもりの息子の間で板挟みになっている。申し訳ないと思うし、心苦しくもあるが、それだけだ。部屋から出るつもりはない。真人間に戻る予定も今のところなかった。

パソコンの画面では「タイヨウ」と名付けたキャラが、俺の帰りを待っている。

俺はゲームの世界へと戻ると「タイヨウ」のレベルを上げ続けた。

母が寝静まるのを待ってから、俺は息を殺して部屋を出る。

毎日のことだ。俺は両親の就寝中や不在の間に食事を取ったり、トイレに行く。たまにはシャワーを浴びることもある。着替えはそのときに。

これが今の俺の日常だ。

どんな異常な一日も、毎日繰り返していれば日常として馴染《なじ》む。

俺はかつて六年間小学校に通い、それから三年間中学校に通い、さらに二年は高校に通った。早朝に起きて、学校に行って、夕方に帰ってくる、という規則正しいサイクルを十年以上も繰り返していたことになる。

しかし今は真逆だ。

深夜に蠢《うごめ》き、日中に眠る。この生活に慣れるのに、それほど時間はかからなかった。どちらが楽ということもない。ただ慣れただけだ。

部屋を出た俺は、静かに階段を降りて台所で水道水を飲む。その後、シャワーを浴びた。ついでだからヒゲを剃《そ》り、伸びきった髪をハサミで切る。

切った髪を新聞紙でくるんだあと、それを捨てるために再び台所へ立ち寄った。そこで母親が買い置きしてくれているカップ麵を作り、立ったまま食べる。

自分の身体を一定の水準で維持するのは大変だ。

引きこもりの俺でさえそう感じるのだから、世間の人たちはもっとうっとうしく感じているだろう。

垢《あか》も出ず、髪も伸びず、腹が減らなければどんなに楽か。喉が渇かず、排泄《はいせつ》の必要もなく、眠ることとさえ遠ざけられたら理想的だ。

その状態を、生きているとは言わないのだろうけど。

絶えずなにかを消費して、肉体は変化を繰り返す。

部屋に引きこもっていたって、その変化を止めることはできない。そう考えると、俺はまだ生きているのだろう。社会的にどうかは別として。

生きるとか死ぬとかを考えていると、火葬直前の太陽の姿を思い出してしまう。俺の部屋に倒れていたときよりも安らかな表情をしていた。

気分が落ち着かなくなって、俺は早足で自分の部屋に戻る。扉を閉めると、ようやく乱れた呼吸を整える気になった。

別に俺は、弟が死んだことがショックで引きこもるような、繊細で心優しい兄というわけではない。

生きていることが、なんとなく後ろめたいだけだ。

弟の太陽は、兄の俺から見ても愛嬌《あいきょう》のあるいいやつだった。友達も多かったし、成績も良かった。あいつがいるだけで、家は明るくなった。

俺と両親が会話をするとき、話題はもっぱら太陽のことで、あいつが今日こんなに面白いことをしたとか、あいつがどんなに賢いかとか、そんな話ばかりをしていた。

七年という歳の差があったせいか、俺たちは兄弟でケンカをしたことがない。太陽は俺を慕ってくれていたし、俺も太陽のことが可愛くて仕方がなかった。

俺を含めた家族は全力で甘やかしたが、太陽はまっすぐな性格に育った。体型は若干丸く太っていたけれど、それすらも美徳に感じられる愛すべき弟だった。

将来は動物のお医者さんになる、と太陽が目を輝かせて言ったことがある。将来の夢のない俺には、眩《まぶ》しすぎる言葉だった。

太陽はきっと立派になる。俺はそれを近くで手助けできるように、せめてがっかりされないような兄でいようと思っていた。

でも、太陽は死んだ。

夢も希望も目標もあった太陽が死んで、そのどれも持っていない俺が生きていることに、今でもまだ後ろめたさがある。

だからといって、死にたいわけじゃない。

単に、生きていたいと思えないだけだ。

再びパソコンの前に座る。画面の明かりが真っ暗な部屋を青く照らしていた。

中途半端だ。

一応こんな俺でも、太陽が死んでから一週間は普段通りに過ごせた。

落ち込む両親を励まし、一緒に太陽の思い出話をして追悼し、それでいてきちんと学校にも通っていた。クラスメイトとはこれまで通り当たり障りなくやりとりできたし、放課後もわりと楽しく過ごしたように思う。

太陽がやり残したことを代わりにやり遂げようと、そんな風に考えていた時期もある。猛勉強して、獣医になるという夢をあいつの代わりに叶えてやろうと。

だけど、すぐに気づいた。

俺は太陽の夢を盗んでいるだけじゃないのか。

太陽が手に入れるはずだった成功を奪って、幸福をかすめ取って、それでなにか良いことをしている気になっているだけじゃないのか。自分には夢や目標がないから、太陽のものを利用しているだけなんじゃないか。

大切な弟の死を利用して自分が幸せになろうだなんて、おぞましい考え方だ。

そんな自分の醜悪さに気づいたとき、もうなにもできなくなった。

死ねるわけでもなく、だからといってこれまで通り生きていくこともできない。

中途半端な状態で、もう何年も過ごしている。

部屋の中ではゲームだけをしていた。「タイヨウ」という名前で、世界を救うための冒険をしている。

ゲームに理不尽は存在しない。バグや不具合はすぐに修正されるし、なんなら不具合のお詫《わ》びもしてもらえる。

現実とは違う。

そのことが心地よくて、俺はもうずっと考えることをやめたままでいる。

夢を見た。

太陽が生きている夢だ。

部屋のドアを叩《たた》いて「兄ちゃん、開けてよ」と言う。引きこもっていた俺がその声に扉を開けると、小学生の太陽がそこにいた。

いてくれるだけで真っ暗な部屋が明るくなるような、太陽はそういうやつだった。

「お腹が空いたよ、兄ちゃん。なんかおいしいものを食べようよ」

元気な頃の太陽はよく食べた。

病気をしてからは食が細くなり、食べても嘔吐を繰り返して、みるみる痩せていったけれど、元気な頃はなんでもおいしそうに食べるやつだった。

俺は太陽のためにナポリタンを作ってやる。そうしていると、両親もリビングに現れたから最終的には人数分作る羽目になってしまった。

家族揃ってナポリタンを食べる。太陽の話をして、俺達は笑い合う。太陽は少し照れたように笑っていた。

明るく温かい、いつもと同じ日常だ。心の底から安堵する。

今までずっとなにかを勘違いしていたみたいだ。

太陽は一度死んだかもしれないけれど、こうして無事に帰ってきてくれた。

生きてる。

笑ってる。

食べて、太って、甘えてくる。

そうだ、これが俺の日常だ。

食事が終わり、みんなで食器を台所まで運ぶ。

「兄ちゃん、おいしかったよ」

太陽の声を聞くと不意に寂しくなって、俺は太陽を抱きしめた。

そんな夢を見た。


目が覚めたら泣いていた。

ああ、夢だったんだなぁという実感が少しずつ広がっていって、いつまで経っても起き上がれない。

今でも時々、太陽と暮らす夢を見る。

そんな夢は見たくないのに、それでも見てしまう。

太陽が死んでから、後悔ばかりしている。

こんなに早く死んでしまうのなら、もっとあいつの好きなものを食べさせてやればよかった。病気がわかってからは、お菓子なんかはあまり食べさせてやらなかった。代わりに身体に良いという、まずいものや薬ばかりを与えた。それであいつが長生きしてくれると信じていたから。

薬の副作用の影響でかゆみがあり、血が出るまで肌を掻きむしるからそのことを叱ったこともあった。もう少し優しい言い方をしてやればよかった。

そもそもあの医者を信用したのが間違っていたのかもしれない。人当たりの良い医者だったけど、人格と能力は関係ない。もしも違う病院で、違う医者に診せていれば、違う結果になっていたはずだ。

なにか一つ、行動を変えていれば。

親や医者、あるいは太陽本人に俺がなにか働きかけてさえいれば。あいつはまだ生きていたかもしれない。

そんな、どうにもならないことばかりを考えている。

バカバカしい。

本当にバカバカしい、としか言えない。

涙を拭って、パソコンの電源を入れる。

そのときふと、ネットで話題になっていた占いアプリについて思い出した。

どんな願いも叶えてくれるらしい『孤独な羊』という占いアプリは、当初はスマートフォン向けにしか配信していなかったが、最近パソコン向けのアプリも始めたようだ。

ゲームをする気にはまだなれなくて、暇つぶしに『孤独な羊』をダウンロードする。

アプリを起動し、初期設定を済ませる。基本的には占いを繰り返して、羊を集めるアプリのようだ。こういうものが面白いのか。俺にはよくわからない。

けれど、なにもする気がおきなくてぼんやりと画面を眺める。色とりどりの羊が画面に現れては消えて、時間がどんどん過ぎていく。

長い間そうしていると、噂の黒い羊が出現した。

気まぐれに黒い羊をクリックすると、これまた噂通り願い事を書き込むページが表示された。ここに書けば、どんな願いも叶えてくれるらしい。

とっさに思いついたのは太陽のことだ。

まだ夢の残滓が俺の思考を侵食している。

だけど、仮にアプリの噂が本当でも死者を生き返らせるなんてことはできるはずがない。あくまで現実的に起こりうることしか叶えてはくれないだろう。

それなら俺の願いは一つしか思い浮かばない。

俺はアプリに「殺してほしい」と書き込む。

自分で死ぬような思い切りはない。

かといって生き続けるほどの勇気もない。

だから殺してくれ。

そう願うことしかできない。

アプリを閉じ、オンラインゲームを始めようとしてから気づいた。

今の願いは現実的だったのだろうか？

もちろん俺を殺すこと自体は可能だ。

だけど部屋に引きこもっているような人間を、ピンポイントで殺害する手段なんて思い浮かばない。親を巻き込むのはさすがに気が引ける。殺されるのなら、一人でいるべきだ。

だとすれば。

俺は長年閉め切られたカーテンに、そしてその向こうの窓に目を向ける。

危険な目に遭うためには――そして誰かに殺されるためには、外へ出かける必要があるんじゃないだろうか。

数日悩んだが、結局俺は出かけることにした。

さすがに日中は厳しい。日差しをまともに浴びて、満足に動ける気がしない。だから真夜中を選んだ。

どうせ毎日パソコンを触っている以外にはなにもしていない。その時間を散歩に使えばいい。特に夜は一般的に危険とされている時間帯だ。あのアプリが本当に願いを叶えてくれるのなら、近いうちに俺は何者かに殺害されるだろう。

とはいえ、何年もの間引きこもっていた身体はそう簡単に言うことを聞いてはくれなかった。

ホコリをかぶっていた外出用の服に着替えるだけでも手間取ったし、外に出ると久しぶりの外気で肺がチクチクと痛んだ。ちょっと歩いただけで膝や肩が痛くなり、息切れもした。

外は暑いけれどパーカーを着て出かける。昔から好きだったけど、今はこれを被っていないと外へは出られない。なにかを被っていると、少しだけ安心できる。

しばらくは外出して数分で部屋に戻るような、無様な日々が続いた。

わかってる。こんな短時間の外出ではさすがに殺されようがない。だから室内でもできるだけ身体を動かすようにして、少しずつ体調を整えていった。

最初は五分。

次は十分。

その後は十五分。

そうして一ヶ月をかけて、ようやく一時間の散歩ができるようになった。

同じコースを歩くことはしない。家を一歩出て、そのとき気分の向いた方向を目指す。一応殺されやすいように人通りの多い道は避けた。

生まれ育ったこの町も、何年か引きこもっていた間に随分様変わりしていた。空き地が生まれ、新しい建物ができ、見覚えのあった店は潰れている。自分の知る町とよく似た異国をうろついているような気分になってくる。

変わってしまった町でも、消えてほしいものだけは消えない。

太陽の通っていた小学校、太陽を連れて行った病院、太陽と一緒によく買い食いをしたコンビニ。他にもたくさん。どうせなら、思い出に残るものすべてが更地になっていれば良かったのに。

早く誰か殺してくれないかな、と期待しながら今日も町を歩き回る。

俺が死んだら、両親は解放感にほっと胸をなでおろしてくれるだろうか。

もし死後の世界があるなら、太陽はそこで俺を待っていてくれるだろうか。

ウロウロと歩きながら、答えの出ないことばかり考える。

それにしても暑い。全身が汗でベタベタする。パーカーの通気性は最悪だ。

夏は夜でも蒸し暑い。暑いとか、寒いとかいうのは、人間の気力を奪っていく。殺すのにも、殺されるのにも適していない気温だ。

涼しさを求めて川の方へと向かったが、どこにでも思い出はあった。

俺は橋から川を見下ろす。

太陽と河川敷で花火をしたこと。川でザリガニを釣ろうとしたこと。面白い形の石を探して見せ合ったこと。

でも今は一人、橋の欄干に手をついて水面を眺めている。

こんな時間に川を眺めたのは初めてだ。真っ黒な川は、あらゆる光を飲み込んでしまいそうな恐ろしさがあった。

真夜中だから周囲に人の気配はない。時々車が背後の車道を通り抜けていくだけだ。

じっと川を見下ろす。

なんで俺は生きているんだろう。

昔、太陽が「人はなんのために生きているの？」と尋ねてきたことがあった。一緒に観ていたアニメの影響だったと思う。

当時、中学生だった俺にそんな壮大な問いの答えがわかるわけがない。だから「太陽が大人になればわかるよ」とごまかした。賢い太陽は納得してくれたけれど、あいつは結局大人になれなかった。

俺は年齢だけならもうとっくに大人だ。

それでも、なんのために生きているのかはわからない。生きる意味も、死ぬ理由も、どちらも持っていないままだ。

そのとき、不意に背中を押されるような感じがした。

俺の身体は、そのまま無抵抗に欄干を乗り越えていく。

やけにゆっくりに感じられた。

そして、落下。

頭を下にして川へ真っ逆さまに落ちていく。

もしかしたら例のアプリが俺の願いを叶えてくれたのかもしれない。

それなら突き落としてくれた相手の姿くらいは見ておきたい。どうせゆっくりと落ちているのだから、それくらいの余裕はあるだろう。

目を見開く。自分のつま先の向こうに、さっきまで自分がいた橋の欄干が見えた。

だけどそこには誰もいなかった。

なにかが爆発するような大きな音がして、頭から全身に衝撃が広がる。気づくと身体はどんどん水の中へと沈んでいた。

この川がこんなに深いとは知らなかった。

息が苦しい。

身体が冷えていくのに頭の芯だけが妙に熱くなって、心臓が早鐘を打つ。

死が近い。本能的な恐怖が全身をくまなく駆け巡っていく。

意識が少しずつ濁り、甘い痺《しび》れが思考を乱す。

なにも考える必要はない。すべて受け入れるだけだ。これまで理不尽に対してそうしてきたように。

だが、手足はまだ動いてしまう。

俺はみっともなく身体を動かして、重い身体を淡い光の指す方へと向かわせる。

そしてようやく水面へと浮上した。

口にたまった水を吐きだし、咳《せ》き込みながらもどうにか呼吸をする。しびれていた感覚が少しずつ力を取り戻していく。

川はやっぱりそれほど深くなかった。つま先がかろうじて着く程度だ。心臓の音がうるさく響く中、どうにか川岸を目指す。

なんとか陸に上がった俺は、しかし立ち上がることはできずに地を這《は》う。

まだ生きている。

そのことが重苦しかった。これまでもずっとそうだ。

濡れた衣服は全身に張り付き、身体の動きを鈍くする。手をつけば手に、膝をつけば膝に、細かい砂や草が張り付き皮膚に突き刺さる。

死ぬつもりだった。

誰かに殺してもらうことを望んでいた。

なのに、俺はこんなにも生きようとしている。死にたくなくて、もがいている。

乱れた呼吸は一向に収まる気配がなかった。

飲み込んだ水と一緒に胃液を吐き、寒いのか暑いのかもわからない状態で地べたを這いずり回る。殺されることを身体が拒んでいた。

こんなに苦しいのに、俺はまだ生きていたいのか。

もしかすると、俺はずっと勘違いしていたのかもしれない。長く生きることは必ずしも良いことではない。生きることが幸せとは限らない。

なんのために生きるのか、答えがやっとわかった。

先に死んだ太陽の分も引き受けて、苦しむために俺は生きているんだ。

答えが見つかった。

これでもう、生きるのが怖くない。

いつか太陽と会えたとき、あいつが「先に死んでおいてよかった」と思えるようなひどい人生を送ろう。そしたら俺は「長生きして良かった」と強がる。そんな瞬間が訪れたら最高だ。

苦しみながらも俺は立ち上がる。

身体は重く、まだ息は苦しいけれど、それこそが生きている証《あかし》だった。

宿題：あなたの将来の夢について書いてください

将来の夢について

四年一組　川口《かわぐち》まさき

ぼくの将来の夢は、好きな人にころされることです。

なぜそう思ったかというと、それはじいちゃんのおかげです。

じいちゃんは去年の夏に死んでしまいました。

おふろでころんで、頭を打ったせいです。じいちゃんがそんな風に死んでしまうなんて、ぼくは思っていませんでした。

生きていたころのじいちゃんはガハハとよくわらう人でした。病気をしているのも見たことがなく、すごく元気な人でした。

ぼくはそれまで、自分はもっと長生きすると思っていました。

でも、あんなに元気だったじいちゃんが急に死んでしまうのだから、今はまだ元気なぼくも明日には死んでしまうかもしれないと気づいたのです。

じいちゃんが死んでから、ぼくは自分がどう死にたいかを考えました。でも死ぬのはやっぱりこわいです。どれくらいこわいかというと、注射と同じくらいこわいです。

それで、ぼくは好きな人が近くにいてくれればいいなと思いました。

お父さんやお母さん、お兄ちゃんが近くにいてくれれば、注射もこわくありません。

注射を打ってくれるのも家族の誰かだったらこわくないのにな、と前から思っていました。だから死ぬのもきっと同じだろう、と思ったのです。なので、家族やそれと同じくらい好きな人にころされるのが、ぼくの考える一番安心できる死に方です。

この話をお兄ちゃんにすると、お兄ちゃんは「どんな風に生きようと、死ねばみんな同じなんだよ」と言いました。

どんな人も焼いてしまえば骨になる。だから、どれくらい生きようと、いつどんな風に死のうと同じなんだと、お兄ちゃんは教えてくれました。

お兄ちゃんは物知りです。パソコンに詳しくて、ぼくよりもゲームが上手です。だからぼくは、お兄ちゃんにあこがれています。

そんなお兄ちゃんと先週映画を観に行きました。その帰り道で、お兄ちゃんは最近見つけた、人をころせるアプリについてぼくに話してくれました。

それを使えば悪いやつをころすことができる、とお兄ちゃんは言いました。世の中にはわるいやつや、正しくないことをする人が多いから、そういうやつをアプリでころしてやるんだ、と言っていました。ヒーローみたいなものだと思います。ぼくは、やっぱりお兄ちゃんはすごいなと思いました。

そのとき、踏切《ふみきり》の音が聞こえました。

バーが下がってきている中、おばあさんが急いでわたろうとするのが見えました。けれどあんまりあわてていたせいか、とちゅうでつまづいてころんでしまいました。

ぼくはおばあさんを助けないといけない、と思って走り出しました。

行くな、とお兄ちゃんが大きな声で言いました。でももうそのときには、ぼくはシマシマのバーをくぐっていました。電車が来るまでには間に合うだろうと思っていたからです。

でも、たおれた人を動かすのは想像していたよりも大変で、どれだけ引っぱってもおばあさんはなかなか立ち上がってくれません。

そうしているうちに電車が来てしまいました。

ものすごいはやさで、大きな音を立てていました。

その音だけでもうこわくなってしまい、ぼくのからだは動かなくなりました。きつく目をつむることしかできません。

なぜかそのときのぼくは、じいちゃんのことを思い出していました。

生きているじいちゃんと二人きりで話をしたのは、ばあちゃんが死んですぐのころでした。そのとき、ぼくたちはばあちゃんのことを話していました。ばあちゃんのたまごやきがおいしかったとか、いっしょにテレビを見てわらったこととか、夜ふかししておこられたこととかです。

するとじいちゃんは「これで心のこりが一つなくなった」とつぶやきました。

それからぼくの頭をなでて「あとはまだ小さいお前のことだけがしんぱいだよ」と言いました。じいちゃんは「まさき、しあわせになれ。うんとしあわせになれ」と、まるでおまじないでもかけるかのように何度もぼくに言ってくれました。

ぼくが生きているじいちゃんと会ったのはそれが最後でした。

人は死ぬ前に、昔のことを思い出すようになっているらしいです。

そういうのを「走馬灯」というそうです。あとでお兄ちゃんが教えてくれました。

でもぼくは無事でした。

たおれてしまったおばあさんも無事でした。

目を開けると、電車はぼくの目の前で止まっていました。お兄ちゃんが非常ボタンを押して、電車を止めてくれたおかげでした。

ぼくはその後、たくさんの人に勇気があるとほめてもらいました。ころんでしまったおばあさんも、両親も、知らない人も、みんなほめてくれて、うれしかったです。

でもお兄ちゃんだけはずっとおこっていました。今まで見たこともないようなこわい顔をして「二度とあんなことをするな」と言いました。

でもおかしいです。

お兄ちゃんはどんな風に生きても、死んでも同じだと言っていました。

だけどそのときのお兄ちゃんはぼくに「死ぬな」と言いました。「正しくなくても生きろ。どんな風にでもいいから生きろ。少なくともおれより先に死ぬな」と言いました。そのときのお兄ちゃんは泣いていたように見えましたが、さっききいたら「おれは人生で一度も泣いたことがない」と言っていたので、実は泣いてなかったみたいです。ぼくは自分をほめてくれた人たちと、お兄ちゃんのどっちが正しいのかまだわかりません。せめてそれがわかるまでは生きていたいな、と思いました。

でもやっぱり、ぼくの将来の夢は好きな人にころされることです。ぼくがいつどんな風に死んでしまうかはわかりません。好きな人といつもいっしょにいられるわけでもありません。じいちゃんがそうだったように、ぼくの好きな人のほうが先に死んでしまうこともあるからです。

だからぼくは、できるだけたくさんの人やものを好きになろうと決めました。好きな人やものがたくさんあれば、いつどこで死んでも安心です。ぼくが死ぬときも近くになにか一つくらい好きなものがあると思うからです。

じいちゃんが願ってくれたようにしあわせに生きて、できるだけお兄ちゃんより長生きして、それから好きな人にころされたいと思います。

もしもぼくが死んだあと、じいちゃんとまた会えたら、そのときは前のようにガハハと笑ってくれたらうれしいな、と思います。

私が君を殺すまで

私には来ないはずの新しい夜がやってきた日、自分の病気は治ったのだと知った。

これまでは長い入院と手術を繰り返していたけれど、もうそういったことはないらしい。私の人生は今後何十年と続いていく。当たり前のように昼と夜を繰り返しながら。

それを知ったとき、私は喜ぶよりも先に不思議に思った。

なぜ自分はまだ生きているんだろう。

私は、幼馴染《おさななじみ》の男の子に殺されるはずだった。病気で死ぬよりも先に「殺したい」と宣言された。なのに、まだ生きている。

透はなぜ私を殺さなかったのだろう。

想定よりも長くなった残りの人生で、まずはそのことを知ろうと私は思った。


私は子どもの頃に、長い名前のついた病気になった。両親はそのことを嘆いたけれど、私は自分がもう助からないという前提で生きてきた。自分ではどうしようもないことを、どうにかしようとしても無駄だ。

だから、私は生き物を殺すことにした。

死んだ生き物は朽ちて消えるだけ。だけど殺せば、そこに意味が生まれる。

たとえば、それは蝶の標本だった。

体調の良い日に自分で蝶を捕まえて殺し、乾かし、背中をピンで貫く。こうして手に入った標本には意味がある。土に還《かえ》るだけの死骸とは違う。

命の短い生き物は、そのまま死ぬくらいなら殺されるべきだ。そっちのほうが生きていた意味も、死んだ理由もわかりやすい。

だから私は、自分よりも先に死にそうな生き物はできるだけ殺すことにしていた。

そうすれば、その死は私のためのものになる。

でもそれはボランティアのようなもので、欲しくて収集しているわけではなかった。

私と同じように、もうすぐ死んでしまう生き物に同情して殺しているだけだ。

私は死ぬ前に、他の誰も持っていない自分だけのものが欲しかった。それさえあれば、明日死んでも構わないと思えるようなものが。

問題は、自分の欲しいものが具体的に思い浮かべられないことだった。

自分だけのものが欲しい、という欲求だけは明確にある。

だけどいったい私はなにが欲しいのか。

生き物か、食べ物か、それともまったく違うものなのか。自分のことなのに、それがずっとわからないままだった。

「自分のことが一番わからないのは、当たり前のことじゃないかな」

私の幼馴染、芳村透はなんでもないことのように言った。

あれは彼が五歳四ヶ月十五日の頃で、その日は二人でお互いの背中を背もたれにして違う本を読んでいた。私は『ファーブル昆虫記』で、透は『星の王子さま』だ。

だから透の声はしたけれど、彼がどんな表情だったのかは見ていない。

「自分の顔を見れる人なんていないんだからさ。見たことがないものがわからないのは仕方ない気がするけど」

「そうかな。鏡があれば、自分の顔は見えるよ」

「でも左右反対にしか映らない。反転してたら、形は似てても違うものに見えちゃうよ。ひらがなの『さ』と『ち』みたいにさ。『さか』と『ちか』だと字は似てても全然違う場所でしょ」

透の言うことが本当なら、私は自分の顔を知らないことになる。それは少し困る。

「だから自分のことは、誰か他の人に教えてもらえばいいよ。家族とか、友達とか、他人とか。あとは占いとか、テストの点数もそうだね。みんな、そうやって少しずつ自分のことを知っていくんだと思うよ」

「でもその人の目や言葉が正しいっていう証拠がないよ」

「なら陽毬から見て、信用できる人か、ウソをつかれてもいいと思える相手を選べばいいんじゃないかな。自分の姿は鏡を使わないと見えないけど、自分以外ならそうじゃないから」

そんな話をしていると、無性に人の顔を見たくなった。

私は後ろにいた透を引き倒して、その顔をよく見るために馬乗りになった。ぐぇ、とかすかに声を漏らした透は、困ったような笑みを浮かべていた。

けれど、その顔をいくら見つめても、自分のことがわかる気はしなかった。透の瞳に映る自分は、薄く小さな像でしかない。

でもこのときに欲しいものは見つかった。

私は透が欲しかった。

自分にはない考え方をする彼が、すごく欲しかった。透が手に入ったなら、その瞬間に死んでも構わない。

それから病気が悪化して、入院したけれど、透は頻繁に病室を訪ねてきてくれた。

透は病室にいる私に様々な話をしてくれた。

自分が経験したこと、そしてそうではない作り話。透の顔を見ていれば、どちらの話をしているのかはすぐにわかった。

特に「噂」という言葉を何度も使うときの透は確実にウソをついている。でも私は透にウソをつかれてもいいと思っていたので、別に構わなかった。

あるとき透は、私を殺したいと言った。とても苦しそうな顔をしていた。

だから私は透に好かれているのだと思った。

透は私のことが好きだから、殺意を抱いている。私を殺すことで、病気に勝とうとしている。私の死に意味をもたせようとしている。それはきっと愛情と同じはずだ。

でも透は結局、私を殺さなかった。

私が意識を失っている間に、どこかへいなくなってしまった。だから病気が治ったことも、多分知らないままだ。

私にとって自分が生きていることは、予定外だった。透は私を殺さず、病気によって死ぬこともなかった。

もしかすると、私は透の好意を手に入れてなかったのか。

本当は彼に好かれていなかったのだろうか。

そう思うと、すべての前提が崩れたような気がした。

死ぬことに未練はない。生きることに対してもためらいはない。

でも私が生きているということは、透に愛されていなかったことの証明だ。それは気分が悪い。

だから私は確かめることにした。

人はいったいどういうときに殺意を抱き、なぜ殺し、どうして殺さないのか。

生き延びた私は、とりあえず殺意の収集を始めることにした。

リハビリ生活を終え中学生になったとき、携帯電話を買ってもらった。だから真っ先に人を殺すためのアプリを作った。

病室で透がしてくれた作り話の一つに、殺人アプリの噂があった。あれは彼のウソだとすぐにわかったけれど、現実だったら面白いと感じた。もしかすると、透は殺人アプリが現実になかったから、私を殺せなかったのかもしれない。

名前は『孤独な羊』にした。どこかにいる透に見つけてもらえるように、彼が昔から好きだった羊をモチーフに選んだ。

アプリは利用者の許諾さえ得られれば、かなりの範囲の情報を吸い上げることができる。電話番号や位置情報、他にもSNSとの連携を促せば、日々の投稿からさらなる情報を集めることも可能だ。

殺人を標榜《ひょうぼう》したアプリにはできないので『孤独な羊』は占いアプリにした。

占いは便利だ。他人がなにを求めて占いにすがるのかがわかるし、無意識に人の行動を操ることもできる。

たとえ自分の努力でなにか成果を上げたとしても、その日の運勢が良ければ占いのおかげだったと人は解釈する。反対に一日なにも起きなかったとしても、占いに従ったおかげで難を逃れたと考える。

占い結果を操ることは、人の行動を操ることと同じことだ。

利用者を増やすために見た目も整えた。親しみやすいように羊のキャラクターをデザインして登場させ、収集欲をかきたてるために、羊の色や種類にも幅を持たせた。

収集欲は人を動かす力だ。

アプリの羊はできるだけ簡単に集められるようにし、寝室を模した画面に、その日に集めた羊たちがまとめて表示されるようにした。視覚的な達成感が毎日の収集欲につながる。積極的に集められた羊の色で利用者の傾向も把握できる仕様だ。

仕上げとして、忘れずに大事な噂も付随させる。

それが「あなたの願いをなんでも叶える」というものだ。

アプリの起動時間と連動させて、深夜に黒い羊を出現させることにした。それを捕まえた瞬間にだけ、願いを書き込むページが出現する。

こうすることで他人が持っている、本当の願いを吐き出させることができる。

特別な手順を踏まなければ、他人の警戒心を解くことはできない。

逆に言えば、ただの機械的な手順でも、利用者には神秘的な儀式だと思い込ませることができる。

収集した殺意の確認と、アプリの調整は深夜に行った。

病室でたくさん眠ったせいか、治ってからはあまり眠くならない。一日に三時間も眠れば十分だ。だから大抵の人よりも一日が長い。特に真夜中は長く、アプリの管理に時間を使いやすかった。

たくさんの殺意を収集するためにも、黒い羊が持ち帰った願いはできるだけ多く叶えた。抽象的なものや理解しにくい文章は叶えようがないが、願いの内容が端的かつ具体的であればどうとでもなる。

アプリの利用者や、その周辺にいる人なら、占いの結果に手を加えるだけで思い通りに動かすことができる。

物事のつながりさえ把握していれば、小さなきっかけを与えるだけでいい。

隣町に住む高校生の登校時間を五分遅らせることができれば、朝の電車での人身事故が一つ増える。とある会社員の帰宅ルートを変えるように促せば、殺人事件の発覚が早まる。欲しいものは武器でも毒でも手に入るように仕向けた。

アプリは狙い通りに機能し、予定通りに浸透していった。

私は日常生活と並行して、アプリの運営と、そこから吸い上げた殺意を精査して学習した。そうすれば疑問に対する答えが得られるはずだ。

透はあのとき、なぜ私を殺そうとしたのか。そしてなぜ殺さなかったのか。病床の私は、透になら殺されてもいいと考えていたのに、どうして。

他人の殺意をどれだけ集めても、答えは見つからなかった。

そんな日々を繰り返しているうちに、私は成長し、大学生になった。

私の作った『孤独な羊』は十分に普及した。

今やこの国で暮らす数百万の人間の情報を手にしている。

アプリによって人を殺した人もいるだろうし、寸前で思いとどまった人もいる。けれど、その違いを見つけることはまだできていない。

そんなある日、私のもとに同窓会の案内が届いた。二十歳になったことを記念し、小学校の頃の同級生を集めて大規模な同窓会が開かれるようだ。

もしかしたら、ここで透と会えるかもしれない。

透の消息は不明だが、アプリを使えば見つけることは以前からできるはずだった。収集した膨大な個人情報を手がかりにたどっていけば、簡単に会うこともできただろう。

けれど疑問の答えが出る前に会うのはためらわれた。

でも、これだけ考えてもわからないのだから仕方ない。

透に直接訊こう。

なぜ私を殺さなかったのか。そして今はそのことをどう思っているのか。

十二月。年末の帰省に合わせたタイミングで、同窓会は企画された。

ホテルのホールを借りた同窓会はかなり大規模で、必要以上ににぎやかだった。参加者が想像よりも多い。二百人近い人の中で、私は透の姿を探す。

その過程で、昔の同級生とも話をした。

十年近い年月は人を変化させるには十分だ。

体型が変わっていたり、声が変わっていたり、性別が変わっていたりする。

物静かだった同級生がよく話すようになっていたり、愛想の良かった人気者が会場の隅にいたりもした。

良くも悪くも人は変化する。

だけど、その中に透の姿はなかった。

そのことに思ったほど失望していない。これは自分でも意外だった。

私は今でもまだかつての透を思い出せる。表情や仕草、声さえも正確に。

だけど、時間が経てばすべてのものが変化する。それは必ずしも良い変化だとは限らない。さなぎが羽化した結果、必ずしも美しい蝶になるわけではないのと同じように、成長することが常に良いこととは限らない。

予測できない稀有《けう》な言動を見せてくれたあの人は、もうこの世のどこにもいないのかもしれない。たとえ透という人間が生きていたとしても、平凡な、どこにでもいる青年になっているのかもしれない。

私のことも、もう覚えていないかもしれない。

なら、今の透に会う意味はあるのだろうか。

にぎやかな同窓会の中で、私は一度ゆっくりとまばたきをする。

私は欲しいと思える唯一のものを失ったようだ。


二次会の誘いを断った私は、雪の降る町を一人で歩く。

透と会うという目的を失った。

目的のない時間を過ごすのは苦痛だ。

サクサクと雪を踏みしめる。

後頭部をチリチリと焦がすような不快感がまだ消えない。もしかするとこれが挫折か、あるいは失恋なんだろうか。

アプリにはたくさんの人の殺意が集まった。なにかに殺意を抱く人は、形は違えどみな生きることに対して執着していた。生きたいと望むからこそ、殺意が生まれる。だけど私にとって、殺意を抱くだけの価値があるものはこの世界に存在しない。

徒労感。足取りは重い。

そのときふと大きな衝突音が聞こえた。路地裏のほうからだ。周りの人も一度は足を止めたが、やがて何事もなく再び歩き始める。

なにか事故があったのではないか、と想像する。

もちろん、駆けつける義理はない。赤の他人がどうなろうと、私には関係がない。

けれど、ふと透のことが脳裏をよぎった。記憶の中の透が、もし隣にいてくれたならどうしていただろう。

私さえ殺せなかった透なら、きっと他人の命さえ大切にするだろう。透は怖がりだからこそ、命に対しては敏感で親切だった。

私は駆け出していた。

きっとこれさえも、退屈をごまかすためのどうしようもない気まぐれだ。これっきりで二度としないだろう。

人気のない路地裏で、自動車が塀にぶつかっていた。

近くには人が二人倒れている。他には誰もいない。私は携帯電話で救急車を呼び、倒れている人に近寄った。

片方は知らない高齢の男性、もうひとりの男性は同年代に見えた。同年代の方が重傷のようで、腹部を押さえていた。そこは赤い染みが今も広がっている。助けを呼ぼうとしたのか、反対の手の近くには携帯電話が落ちていた。

「大丈夫ですか」

私がハンカチで傷口を上から押さえながら声をかけると、彼は薄く目を開けた。

その瞳に映る私は、泣きそうな顔をしていた。

十年以上経っていても、まだ面影がある。

「ああ、すごいな。陽毬が見える」

うわ言のように、かすれた声で彼がつぶやいた。

だから私は言った。

「本物だよ、透」

「ならもっとすごいね。夢か、走馬灯みたいだ」

大人になった透がかすかに目を見開く。驚いているのか、痛みのせいなのか、わからない。

やっぱり、透は昔と変わらず特別だ。

私はまだ、欲しいものを失《な》くしていなかった。

でも、ひどいケガだ。もしかしたら死ぬかもしれない。

透がもうすぐ死んでしまうのなら、私が殺したほうがいい。そのほうがただ死ぬよりもいいはずだ。

ずっとそう思ってきたのに、どうしてもできない。助かるかもしれない、という希望を捨てられない。

サイレンの音が近づいてくる。

私の呼んだ救急車であってほしい、と願う。

「まだ死なないで」

話したいことがたくさんある。訊きたいことも。

それらがすべてなくなる日までは、また透と一緒に生きていきたい。

その日が来るまで、私は彼を殺さない。

私の声に、透は小さくうなずいた。

透明人間が消える前に

「お気の毒ですが」

かつて人事担当に何度も言われた言葉を、初めて医者から言われた。

どうやら俺はもう余命幾ばくもないらしい。

最近具合が悪い日が続いたので、思い切って病院に来てみたらこの有様だ。体調が良くなるどころか、気分が悪くなってしまった。

病院からの帰り道、呆然と町をさまよい歩く。

いくらなんでも、これはあんまりな仕打ちじゃないか。どこにぶつけるべきかわからない不満が、胸の中に溜まっていく。

自慢じゃないが俺はこれまで真面目に生きてきた。善行を積んできたとまでは言わないが、こんな罰を受けるようなことはしていないと断言できる。

理屈に合わない。

どうして俺だけがこんな目に遭うんだ。病気で苦しんで死ぬべき人間はもっと他にたくさんいるだろう。

なのに、どうして俺だけが。

あまりの不条理に怒りが収まらず、まっすぐ自宅へ帰る気になれない。

そもそも帰ったところで誰も待っていないし、これといってすることもない。職場とアパートを往復するだけの、冴えない暮らしだ。

思えば、俺はなんにも持っていない。

元々人付き合いは得意じゃなかったから、学生の頃から友達はいなかった。すれ違えば挨拶くらいはするが、近所の人との交流もさほどない。貴重な休日を費やすような特筆すべき趣味もない。そもそも安月給で、金もない。両親も数年前にあっさり他界してしまった。

ただでさえなにも持ってないのに、健康な身体と大したことのない未来さえ失くしてしまったわけだ。あまりに空虚で笑う気にもなれない。

そんな俺に対して追い打ちをかけるように、冷たい風が吹き、さらに雨まで降ってきた。しかもどんどん勢いが増してきている。

寒さと雨から逃れるために、俺は一旦屋内へと避難することにした。タイミングよく大型ショッピングモールが目についたので、そこに向かう。

休日のショッピングモールは、立ち寄ったのを後悔するくらいにぎやかだった。

家族連れや恋人たち、友人同士が楽しく過ごしているキラキラとした空間だ。雨が降る屋外よりも物理的に明るいし、暖かい。

一人きり、雨に濡れたみすぼらしい格好でいるのは俺だけだった。

いいな、と素直に思うが、同時におかしいとも感じる。

幸せそうな人がこんなにいるのはおかしい。

あの中には、平気でウソをつくやつもいるだろう。他人から功績を奪ったやつもいるだろうし、誰かを騙して成功した人間もいるはずだ。

そういうズルでもしないかぎり、裕福になれるはずがない。証拠はある。ひたすら真面目に生きてきた俺がこうなっているのだから間違いない。

俺より幸福な人間は、全員悪人だ。

不正によって成功した薄汚い連中だ。

他人を不幸に突き落とすことで、自らの財産と幸福に変えている最低のやつらだ。

善人が損をして、悪人だけが笑う。そんなことが許されていいのだろうか。

明るい世界を暗い気分で歩いていると良からぬことが脳裏をよぎる。

俺はもうすぐ死ぬ。

病気で苦しんで死ぬ。

バケツを抱えて惨めに吐き続け、息を切らし、汗にまみれて、みっともなく死ぬ。

そしてそれを悲しむ人は誰もいない。その未来だけはもう決まっている。

それなら、なにをしたっていいんじゃないか？

死ぬ場所が寒々しいアパートから、檻《おり》の中に変わるだけだ。大したことじゃない。

そもそも法律とか刑罰っていうのは、今後もその世界で生きていくことを前提として作られているものだ。

自分や大切な人がこの世界で明日も生きていくから、ルールを守ろうという気になる。自分の命が大切だから、他人の命を大切にしようという風に思える。

でも、なにも持っていない俺には関係ない。

持っていないからこそ、ルール無用で人の物を奪える。ずっと奪われてきたものを、奪う側に立つことができる。物品だけに限らない。今ならなんだって奪える。

それは誰かの明るい未来とか、幸せな時間とか、そういうかけがえのないものだ。

そういえば今までの人生で大きなことって一つもしたことがなかった。

表彰されるほどの善行も、警察のお世話になるほどの悪行も、なんにもしていない。

白にも黒にもなれない。

居ても居なくても変わらない。

俺はまるで透明人間だ。このままだと本当に透明になって消えてしまう。

それなら最後にとびっきり派手なことをしてもいいんじゃないか。

最後に見るのがどんなに汚く、グロテスクな景色であったとしても、このまま死ぬよりはマシだ。

ショッピングモールは色々なものが充実している。

刃物も、可燃性のガスも、混ぜるとやばい洗剤も、すべてここで調達可能だ。こんなに完璧な空間なら、どんな犯罪も思いのままになりそうな気がする。

俺は死ぬ。

透明なまま、誰にも気づかれないで死ぬ。

それは死ぬというよりも、消えるという表現のほうが近い。

このまま消えてやるものか。

それだけが、未来のない俺にできるせめてもの抵抗だ。

死にたければ一人で死ね、なんて平気な顔で言える幸せな人間を巻き込んでやろう。

世界も、社会も、環境も、俺に理不尽を押し付けてくる。

それなら今度は俺が、その理不尽を無差別にばらまいてやる。ざまぁみろ。くたばれ。みんな俺と同じになればいいんだ。

考えがまとまると気分がいい。

力がみなぎってきて、俺は大股で前へと進んでいく。

でも、本当にこっちが前か？

よくわからないけど進んではいる。

もしかしたら一度止まったほうがいいのかもしれない。だけど、止まったらそのまま自分が消えてしまいそうな気がした。それは怖い。だから絶対に足を止めるわけにはいかない。

目についた雑貨店には、パーティグッズとして動物の顔を模した覆面が売られていた。

馬や猿などがマヌケな顔をして並べられている中で、羊の覆面を買う。

顔を隠したって逮捕されれば同じだ。だけど覆面をかぶれば、少しくらいは気分が明るくなって恐怖が薄れる気がした。

店先で早速、買ったばかりの覆面をかぶる。ゴム製品特有の嫌なにおいがした。

人間を羊にたとえていたのは聖書だったっけ。迷える子羊よ、というやつだ。

俺もそれに倣うなら、人間はみんな自分だけが黒い毛皮だと思い込んでいる、真っ白な羊の群れだ。あいつらは自分だけが他と違う、特別で孤独な羊だと思い込んでいる。

凡庸な悩み、ありがちな孤独感、どこにでもある不幸。

そんなものを掲げて、自分が特別な存在なんだと信じてしまっている。

だから、平気で他人を踏みつけにできるんだろう。

羊を殺すのは狼《おおかみ》ではなく、同じ色の羊というわけだ。笑える。

休日の陽気な雰囲気のせいか、覆面をかぶって歩いていても特に不審がられる様子もない。ハロウィンが近いせいだろうか。都合がいい。

次は武器だ。

刃物か、鈍器か、それとも火か。今決めているのは、できるだけ多くの人を巻き込もうということだけだ。俺が消えてしまう前に。

死から逃げるように早足で進んでいたそのとき、視界の端に気になるものを捉えた。

フロアの片隅に置かれた消火器。

そのすぐ傍に子どもがうずくまっていた。

腕で目元を覆い隠しているが、泣いているのがひと目でわかる。迷子だろうか。これだけ広ければ無理もない。

しかし人の流れは止まらない。

俺でも気づいたのだから、他の人だって気づかないわけがない。

だが、声をかける人はいなかった。誰もが自然に目をそらして去っていく。

まるで自分たちの幸福な日々の中に、迷子なんて存在しないかのような扱いだ。あの子どもが透明になってしまったようにさえ見える。

愕然とした。思わず、足が止まってしまう。

これが幸せな人間のすることか。平和な日常の風景か。

だとしたら、ひどい話だ。

リスクがあるのは理解できる。誘拐犯とか不審者と間違えられたら一大事だ。幸せな休日が一発で終わってしまうだろう。

でもこのままだと本当にロクでもないやつが来るかもしれない。

迷子の子どもが、もっとひどい目に遭うかもしれない。

そういう可能性は気にならないのだろうか。

幸せな人間は、他の人の幸せも願うべきじゃないのか。まったく知らないやつの幸せを願うくらいの心の余裕があってしかるべきだろう。

幸せっていうのはそういうものじゃないのか。俺は持っていないからわからないけれど、そういうものであるべきだろう。

さいわい、俺はなにも持っていない。あるのは買ったばかりの羊の覆面くらいだ。警察に事情聴取されようが、逮捕されようが、そもそも失うものがない。仕事はクビになるかもしれないけど、どうせ近いうちに死ぬからこれも問題ない。

だから人生で初めて、知らない子どもに話しかけるのだって簡単だった。

「迷子？」

羊の覆面越しに声をかけると子どもが顔をあげる。やっぱり泣いてた。

見下ろしていると怖いかもしれないから、しゃがんで視線を合わせる。

「おじさんも迷子なんだ。一人だと心細くてさ、迷子センターまで一緒に行かないか」

こんな言葉がスルスル出てくるとは思わなかった。どれくらい本気なのか、自分でもわからない。

少年は俺の言葉にこくんとうなずくと、自分の力で立ち上がった。それだけでも立派だろう。俺はもう、自分一人で立てる気がしない。かといって誰も助け起こしてくれないんだけど。

少年は黙ったままこちらに手を伸ばしてきた。

もしかしてこれは手をつなげというジェスチャーか。仕方なく、少年の汗ばんだ手をつかむ。それは陽の光のようだった。雨に濡れた寒さが一気に薄らいでいく。

黙って歩くのは気まずいので、少年の保護者を探すために必要な情報を集めることにする。

「名前は？」

「とおる」

「かっこいい名前だ。歳は？」

「四歳」

「すごいな、おじさんが四歳の頃はそんなにはっきりしゃべれなかったぞ」

怖いものがないせいか、自分でも嫌になるくらい饒舌《じょうぜつ》だ。あるいは、しゃべっていると怖さをごまかせるのかもしれない。

誰かと話していると、自分がたしかにここにいるのだと感じられる。それは透明ではないということだ。俺も、この子も。

誰も気にしていない迷子なら、俺にとっても都合がいい。

この子を惨殺するとか、高いところから突き落とすとか、誘拐して身代金《みのしろきん》をせしめるとか、そういう犯罪がいくらでも思いつく。

だけど、結局思いつくだけだ。今までの人生で一度も大それたことをできなかった俺に、今さらなにかができるわけもない。

こういうところがダメなんだと思う。

でも、もうどうしようもない。俺はこのまま特に大きな善行も悪行も重ねないまま消えるんだろう。もう諦めた。

せめてこの子を迷子センターに送り届けることだけはやっておこう。その程度の小さなことなら、まだ俺にもできるはずだ。

「おじさんはどうして羊なの？」

まさかこれから犯罪を犯すつもりだったとは説明できない。だから、適当な言葉でごまかすことにした。

「羊は孤独な生き物なんだ。だから迷子になると、人間は羊になっちゃうんだよ」

「でも羊は群れで行動するんでしょ？」

「孤独や迷子っていうのは、群れの中でしか生まれないんだ。近くに誰かがいるからといって、それが仲間とは限らないからね」

「僕も羊になるの？」

作り話の出来が悲惨だったせいか、少年は不安になったようで目をうるませている。

だから俺は慌てて言葉を足した。

「大丈夫。きっと、まだ間に合うよ」

足はまっすぐ迷子センターへと向かう。

その間に俺は少年とできるかぎり楽しい話をした。

彼が好きな食べ物、一緒にここへ来た両親のこと、どんな遊びが好きなのか。

聞けば聞くほどキラキラと輝いて見えた。

俺にもこんな頃があったのか。もうよく覚えていない。

五分程度の短い旅路を終え、俺は迷子センターの職員さんに少年を任せる。羊マスクをかぶったままでも、意外に怪訝《けげん》な顔はされず「ありがとうございます」とお礼まで言われた。

「おじさん、もう行くの？　誰か迎えに来てくれた？」

すっかり打ち解けた少年が、別れ際に不安そうな顔でそう尋ねてくる。

そういえば俺も迷子だと言ってここに来たんだっけ。

あいにく俺を迎えに来てくれる人はどこにもいない。だからこの後も一人で歩き続けるだけだ。

だけど、この子は違う。違ってほしい。

「おじさんは大人だから大丈夫。もう迷子になっちゃダメだよ。どうか元気で」

さよなら、と別れの挨拶をして、迷子センターを後にした。

名前しか知らないけれど、あの子が幸せになればいい。あの子だけじゃない、俺の知らないどこかの誰かが余すことなく幸せになればいいと願う。

それが巡り巡って、いつか世界中の人が、赤の他人の幸せを願ってくれれば最高だ。

それはつまり、俺のような透明人間の幸福さえもどこかの誰かが願ってくれていることになるから。それまではさすがに生きてないだろうけど。

十分に身体もあたたまった。

屋外へと出た俺は羊の覆面をかぶったまま、再び冷たく孤独な道を歩き始める。

近くに人はたくさんいるけれど、誰も俺を顧みない。それでも別に構わない。

雨はまだ強く降り続いていたが、もう寒くはなかった。

それから俺は想像していたよりも少しだけ長く生きて、そして消えるように死んだ。

あとがき

ハッピーエンドに必要なことについて、眠れない夜によく考えています。

多くの人が物語にハッピーエンドを求めるのは、誰かの幸福を自分のことのように喜ぶ感性があるからだと思います。誰かの不幸を自分のことのように悲しむ感受性があるから、バッドエンドはあまり望まれません。

ただ、ハッピーエンドは前日譚《ぜんじつたん》としてバッドエンドの物語を必要とします。幸せな人が最初から最後までずっと幸福に過ごす物語を、わざわざハッピーエンドとは言いません。なんらかの窮地や苦境の中にいる人が報われる物語をハッピーエンドと呼ぶはずです。

報われなかった誰かの思いが、巡り巡って別の誰かを助ける。誰かのバッドエンドを引き継ぐことによって、ハッピーエンドは達成されるのだと思っています。

たとえ一つの物語がバッドエンドで終わったとしても、誰かが物語を紡ぎ続けるかぎり、それは必ずどこかのハッピーエンドにつながっている。

過去から未来へ、あらゆる物語はそういう風につながっていて、それは生き物の命や歴史と似ているように思います。

そんな幾夜の空想を経て、書き上げたのがこの物語です。

　殺意を抱いた人たちの眠れない夜を描きました。中には幸福とは言えない結末を迎える物語もあります。

たとえそれが現実と地続きの悲惨な結末だとしても、彼ら彼女たちの思いや逡巡《しゆんじゆん》、選択の過程を見届けてくれた人の心になにかが残れば、単なるバッドエンドにはならないのだと、今はそう思っています。

この物語が、読んでくださった方々のハッピーエンドにつながってくれれば、それ以上に嬉《うれ》しいことはありません。

本書の出版にあたって、今回もたくさんの人にお力添えいただきました。本当にありがとうございます。そして、手にとっていただいた皆様にもあらためて最大限の感謝を。

あなたにぐっすりと眠れる夜が訪れることを心より祈っています。

二〇二二年二月　遠野《とおの》海人《かいと》

＜初出＞
本書は書き下ろしです。

メディアワークス文庫

眠《ねむ》れない夜《よる》は羊《ひつじ》を探《さが》して

遠野《とおの》海人《かいと》

2022年３月25日　初版発行

発行者　青柳昌行
発行　株式会社KADOKAWA
〒102 - 8177　東京都千代田区富士見2 - 13 - 3
0570-002-301（ナビダイヤル）
装丁者　渡辺宏一（有限会社ニイナナニイゴオ）
印刷　株式会社暁印刷
製本　株式会社暁印刷

●お問い合わせ
https://www.kadokawa.co.jp/（「お問い合わせ」へお進みください）
※内容によっては、お答えできない場合があります。
※サポートは日本国内のみとさせていただきます。
※Japanese text only

※定価はカバーに表示してあります。

Printed in Japan
ISBN978-4-04-914274-7 C0193

メディアワークス文庫　https://mwbunko.com/

本書に対するご意見、ご感想をお寄せください。

あて先
〒102-8177　東京都千代田区富士見2-13-3
メディアワークス文庫編集部
「遠野海人先生」係

僕たちにデスゲームが必要な理由

持田冥介

衝撃と感動の問題作、第26回電撃小説大賞「隠し玉」デビュー！

生きづらさを抱える水森陽向は、真夜中、不思議な声に呼ばれ、辿りついた夜の公園で、衝撃の光景に目を見張る——そこでは十代の子ども達が、壮絶な殺し合いを繰り広げていた。

夜の公園では、殺されても生き返ること。ここに集まるのは、現実世界に馴染めない子ども達であることを、陽向は知る。夜の公園とは。彼らはなぜ殺し合うのか。

殺し合いを通し、陽向はやがて、彼らの悩みと葛藤、そして自分の心の闇をあぶりだしていく——。

「生きること」を問いかける衝撃の青春小説に、佐野徹夜、松村涼哉、大絶賛！！

メディアワークス文庫